谨以此书献给我的儿子天晓（小名牛牛），他使我懂得了如山的父爱；也献给爱我和我爱的人，他们使我懂得了美好的人生。

在路上

王浩 著

暨南大学出版社

JINAN UNIVERSITY PRESS

中国·广州

图书在版编目（CIP）数据

在路上/王浩著．—广州：暨南大学出版社，2012.9
ISBN 978 - 7 - 5668 - 0228 - 6

Ⅰ.①在… Ⅱ.①王… Ⅲ.①随笔—作品集—中国—当代 ②散文集—中国—当代 Ⅳ.①I267

中国版本图书馆 CIP 数据核字（2012）第 124576 号

在路上
著　者：王　浩

策　划　人：杜小陆
责任编辑：杜小陆　杜晓杰
责任校对：王嘉涵

地　　址：中国广州暨南大学
电　　话：总编室（8620）85221601
　　　　　营销部（8620）85225284　85228291　85228292（邮购）
传　　真：（8620）85221583（办公室）　85223774（营销部）
邮　　编：510630
网　　址：http：//www. jnupress. com　http：//press. jnu. edu. cn
排　　版：广州市广海照排设计中心
印　　刷：佛山市浩文彩色印刷有限公司
开　　本：787mm×960mm　1/16
印　　张：15.5
字　　数：238 千
版　　次：2012 年 9 月第 1 版
印　　次：2012 年 9 月第 1 次
定　　价：32.00 元
（暨大版图书如有印装质量问题，请与出版社总编室联系调换）

前　言

　　每个人都走在自己特有的路上。

　　身为社会人，我们都走在负重前行的路上。然而，我们是谁，我们要去哪里，为什么我们要去那里，我们怎样到达那里？这一个个问题，都是我们前行的途中必须认真思考和如实回答的问题。而要回答这些问题，我们必须真正认识自己，自觉顺应天性的指引，执著地追求理想。

　　负重前行的路上，别忘了一路上的好风景。如果我们能够以易感的心扉发现风景，成为一个敏感的人；以乐观的心态品味风景，成为一个向上的人；以丰富的心灵收藏风景，成为一个富有的人，我们就能在看似平淡无奇的道路两旁，发现一路的好风景，带着一份轻松和感动继续前行。

　　负重前行的路上，离不开一路上的同行者。朋友是美丽的邂逅，是上天的恩赐，是先天配就的相逢，是无法复制的共同记忆。每个在人生旅途上前行的人，都要在缘分的天空中，以相逢之幸认识旅伴；在"与谁同行"的拷问中，以同好之趣选择旅伴；在风雨同舟的路途中，以庆幸之心善待旅伴。

　　负重前行的路上，少不了路边停靠的港湾。从相遇父母那刻起，我们就开始了自己的人生之旅；从相遇爱人那刻起，我们就在构筑旅途上的温馨雀巢；从相遇儿女那刻起，我们的行囊中就装满无尽的亲情。家庭，是我们人生之旅的始发站，也是人生旅途上永远为我们开放，并随时供我们停歇的港湾。

　　一个人所走过的全部的路，构成了他的全部；世界上不存在完全相同的路。一个人走的是一条什么样的路，他就是一个什么样的人，不管这条路是自己选择的，还是迫于各种情势的压力所不得不选择的。只要我们走了，我们也就定义了自己；我们走得越多，这个定义也就越客观准确，越简单明了。如果这条路没有走完，我们也就无法全面地认识一个人，因为这条路的终端，可能改变之前所有路程的格局，甚至颠覆之前的定义。一个人如何看待死亡、如何面对死亡，无论在他为自己所下的定义中还是在世人对他的评判中，都占有很大的份额。从这个意义上说，人就是路，一个人走过的路，就指代、定义和诠释了他本身。

　　我们都只是现在进行时的"在路上"的人，下步的走向和今后的路线，都取决于现在的选择。希望每个朋友都能清醒地走在路上。

作　者
2012 年 4 月

目　录

第一部分

工作，负重前行的路上

心灵是最近的地方，往往也是最远的地方。我所能到达的最远的地方，不是异国他乡、大洋彼岸，也不是遥远的星河、苍茫的宇宙，而是距离最近、形影不离的我的灵魂。

一、天性：指引前行方向的路标

我们一直带着他人的期许和社会的目光，满身负重，艰难地行走在各自的路上。然而，我们是谁，我们要去哪里，为什么我们要去那里，我们怎样到达那里？这一个个问题，都是我们在前行的途中必须认真思考和如实回答的问题。而要回答这些问题，我们必须从真正地认识自己——尤其是自己的天性——入手。

所谓天性，就是真我的呼唤，就是人生的使命。它可能是你儿时的初始梦想，可能是某位老师不经意间的提醒，也可能是某位亲朋的金玉良言。

在人生设计的金字塔上，天性始终居于塔尖，俯视全局，是制定人生总纲的依据。它就像一位总设计师，一切规划、蓝图，都应体现、实现这位设计师的意图。

日常生活中，很多人遗忘、丢弃了自己的天性，心甘情愿地接受他人的催促和检测，猛然抬头，却发现自己走错了路，只是长期以来有意无意中充当了别人人生之路的手段、工具和棋子罢了，一直走在别人的路上，最终一身疲惫，悔恨莫及。

我是谁？

亲爱的朋友，不知你是否曾经严肃地问过自己这个问题：我是谁？

是啊，我是谁呢？这个问题看似很简单，可是，别急着回答。

假如我是我的名字所指代的那个人，那么，与我同名同姓的人又是谁呢？即使目前我的名字是独一无二的，那么，我又有何权利禁止后来的人取个和我完全相同的名字呢？

假如我是镜子面前的那个人，那么，无法在镜子中映照出来的那部分去了哪里呢？那部分又会是谁的"我"呢？

假如我就是我的遗传、我的环境、我的经历的统称，那么，截至明天的这种遗传、这种环境、这种经历的统称，又将会是什么呢？是明天的我吗？那么截至后天、大后天的呢？

如果有很多个我，那么，究竟哪一个才是真正的我、平均的我、作为众数的我呢？

看来，所有的"我"都只不过是当下的"我"罢了。明天又有明天的"我"，后天又有后天的"我"，除非我的明天和后天是完全相同的另一个今天。也许，要全面而准确地回答这个问题，唯有等到我们的最后时刻，才能毫无遗漏地描述和定义"我"。然而，每个人最后时刻的感受和心迹，只有他们自己可能知道，任何旁人都无从知晓。

所以，"我是谁"这个问题也许永远都没有确切的答案，因为最重要的那部分"我"，已经永远地埋藏于冰冷的坟墓中。

难怪古希腊德尔斐神庙的柱子上会刻下"认识你自己"的箴言。也难怪黎巴嫩伟大诗人纪伯伦会说："我有一次哑口无言：当一个人问我'你是谁?'时。"

　　但是，自我定义不是一个定数，而是可以改变的。人生苦短，时光飞逝，转眼间一切都会过去，来不及转身。我们应适时停下急匆匆的脚步，等等自己的灵魂，问问自己：我是否在碌碌无为中蹉跎了岁月，我究竟能够为这个一直在受其恩泽的世界带来什么值得世人铭记的东西?

　　请闭上眼睛，设想这样一个问题：假如现在有人问你，你的父亲是一个什么样的人，你会如何评价他呢?你当然会梳理父亲的一生，并对他的贡献作一整体的描述。好了，下一个问题：你如何评价你的祖父呢?可能你的评价会模糊很多，一来你和祖父相处不多，可能对他知之甚少；二来他可能也没有留给世间太多的回忆。这时，我们会"无情"而准确地为父辈和祖辈给出恰当的定义。

　　请继续闭上眼睛，设想三十年、六十年后的此刻，我们的子辈、孙辈正在面临着同样的问题：你的父亲是一个什么样的人，你的祖父是一个什么样的人?你希望你的子辈、孙辈如何评价你，如何描述你的一生呢?难道仅仅是八九十岁的高龄、子孙成群的天伦之乐?那时，我们的子辈和孙辈也会"无情"而准确地为我们给出恰当的定义。

　　那当然仅仅是"仅仅"，我们都要扪心自问：我究竟留给了这个世界多少真正的物质和精神的财富。

　　我们时常在定义别人，但别忘了也要定义好自己；只有准确定义了自己，才有可能准确定位我们周围的一切。如何定义自己固然是他人的事情，但我们并不是无能为力的，因为我们如何预设自己，可以在很大程度上改变这个由他人来完成的定义。

记住你是谁

朋友，你是谁？你可曾仔细地端详过镜中的自己，凝视他的眼神，就像观赏一部经典影片那样？朋友，你是由你的遗传、你的环境和你的经历所造就的唯一的你。假如生命可以轮回，时光可以倒流，让你回到从前，那同样的遗传、同样的环境、同样的经历必将造就一个同样的你，恰如你现在的样子。

对于先天固有的遗传素质，你只能坦然地面对和接受；对于曾经的环境，你也只能在回顾中分析其对于自身成长的利弊，并化作永久的记忆；对于过往的经历，你只能在回忆中品味其蕴涵的人生意义，它也许风光无限，也许失意惆怅，但唯一能确定的，就是它一去不返了，已成定局，你不能把它留住，哪怕只是片刻。

那么，明天呢？明天当然在你的手中。你可以利用上天赐予你的遗传素质的闪光之处（那一定存在，只是你可能会因为自卑而忽视了它、冷落了它），可以利用环境中的有利成分，造就一段不同的经历，书写一部不同的历史，成就一个不同的你。你是茫茫宇宙中独自飘零的一粒尘埃，你是花花世界里艰难挣扎的一抹残阳，你是因千万因缘而锁定的父母的亿万可能的子女之一，你是自己生命之舟的唯一舵手。

你在做什么，你就是什么

对别人来说，他并不关心你是什么、你在做什么，他关心的是你能做什么，你能为他带来什么样的物质和精神利益。而对自己来说，在所有重要的问题中，你是什么和你将成为什么，是需要认真思考的最为重要的问题。除此之外的一切其他重要问题，最多只是对这一问题的描述性解释和细节性演示。也可以这么说，你在做什么，是对别人的一个交代；你是什么，是对自己的一个交代。

我们现在做什么，我们现在就是什么；我们经常做什么，我们就经常是什么；我们一直做什么，我们就一直是什么，就像我们通过远处某个同事的穿着、姿态来确定他是谁一样。反之，我们因厌恶而拒绝做什么，我们就不是什么。

思想是行动的先导，这句话没有错。问题在于思想是看不见摸不着的，只能通过外显的、可见的行为来表征和指代。一个人的内在思想，只能通过他的外在行为来推断。从一个人一贯的、常态的行为反应中，我们可以看出他的思想和性格。思想决定行为，行为反映思想。我们了解无影无踪的思想的唯一途径，就是考察由这种思想所决定了的行为。然而，一种思想可能会产生出很多行为，我们不可能无一例外地逐个考察，因此，通过行为来推定思想，始终具有一定的片面性和局限性。

一个人究竟是什么，可能连自己都弄不明白，也许只有明察秋毫的上天能够回答这个问题。把一个人的所作所为放在粗线条的、纵向的视界里，我们可以大致看出他的行为轮廓，一些在当时看来难以理解的行为，也就有了更加清晰的意义，得到了合理的解释。正是这种行为轮廓，成为一个人区别于他人的鲜明特征，标志了他的人生意义，也向世人表明了他究竟是什么。

　　朋友，你是谁并不重要，重要的是你想成为谁，你多么想成为那个人，以及你为了成为那个人而付出了怎样的努力。其实，每个人都早已是他本人了，每个人是谁，他自己早已根据自己截至当前的所为作出了回答。人们在做着什么，就为上天描述着什么；每个人随时都握着画笔，以自身所为为素材，创作着不同的自画像。人们究竟是谁，上天只能依据人们亲自画就并最终上交的画作来评判其品类，将其划入具体的档格。

　　其实，我们每个人此刻的现实，我们之所以成为今天这个样子，并非一种一成不变的、无能为力的、事先设定且只需按部就班的固定程序，而是原本可以更改的另一番现实。我的意思是说，现在为什么是现在这个样子，是一个概数（性格使然），并不是一个定数（客观的偶然条件、主观的努力程度都会更改这一概数）。之前的"因"综合起来，成为现在所看到的"果"；而之前的"因"，在很大程度上是可以自主更改的。

　　但是，发生了的事情就是发生了，无论我们怎么做、做什么，都无法使其不发生，这或许就是生命不可逆的最大局限吧。

　　然而，正如王羲之在《兰亭集序》中所说的那样："后之视今，亦犹今之视昔。"从"今"开始，为自己设定最好的成长路线，并为之付出最大的努力，也就可以成就一个不同的，甚至截然相反的"后"。怎么做，完全取决于你自己。

　　也就是说，此刻的每个人和每个人的此刻都不是恒定的。那么，之后的每个人和每个人的之后也不是恒定的。有很多个之后的"你"，你需要做的，就是成为最好的那一个。

成功就是成为自己

每个人的天性都只能通过自己来验证，别人是无法验证的。天性是人们内心深处蛰伏的真正能量，一旦人们所从事的事业吻合了这股能量，便欲罢不能、虽苦犹甜，并痴醉其中而不能自拔。那些在旁人看来枯燥、乏味、辛苦的事情，在他们眼中却是那样新奇和令人向往。

天性与他人的肯定、奖励、认可并无多大关系，天性只能依靠自己来发现、发掘，也只能依靠自己来发挥作用。对于某一行为及其结果，外在的掌声再响亮，捧来的鲜花再漂亮，只要这行为和结果有悖于、偏离了自己的天性，都难以算做真正的成功。真正的成功者，是那些以天性为指引，默默地、自在地实现自己人生使命的人。他们不需要鲜花和掌声，甚至会认为那些东西是一种善意的干扰。

真正意义上的成功者，都是低头默然地兀自前行，而非招摇过市地大张旗鼓。每个人都有着各自宝贵的天性，只是很多人把过多的精力投放于偏离天性的其他领域了，而那珍若至宝的天性，就像因长期营养不良而枯萎的花蕾，似乎生来就不会长成花朵。

在人生这个舞台上，每个人都有多副面具。在职场、在家庭、在聚会场合、在商场、在会议室，每个人都有一副专供自己使用的面具，并要及时地戴上和卸下，不能早也不能晚，人们把这种功夫和能力称为"社会化"。可是，所有这些面具都只能使用一段时间，等场合变了，我们又得忙于寻找新的合适的面具。然而，有一副面具是供我们使用一生的和全程性的，那就是我们的灵魂。这副面具不能轻易更换，而且无论我们是否意识到，其实我们始终戴着它，即使是在睡梦中。只有始终坚守自己，我们才能在前行的途中成为最好的自己，而不是别人的影子。

　　成功，就是成为自己；成为自己，就是最大的成功。无论一个人取得了多么耀眼、多么巨大、多么令人羡慕的成功，只要这种成功偏离和有悖于他的天性，都是一种虚假的成功，至少是一种不自觉的、歪打正着的、出乎自己意料的、不得不接受的成功。就像至高无上的天性指引着一个人前往万里长城，而他却来到了埃及的金字塔一样，尽管金字塔的风景别有洞天、同样宜人，但那并非他此行的目的地。

　　即使是完全相同的一条道路（一段时间内），成功也有很多种；即使要前往同一个目的地，也有很多条路线。而完全符合——至少基本符合——自己天性的那种成功、那条路线，才是真正的成功，才是最佳路线。

充满异议的世界

　　被误解、非议、妒忌、诽谤，是众人加诸你的经常而又正常的行为，也是你锤炼独立性格的前提条件。不要过于担心误解、非议、妒忌和诽谤，很多时候，这恰好说明了你正走在正确的道路上。他们之所以挥动着非议和诽谤的棍棒，正是因为这些棍棒打不着他们自己；他们非议你的那些理由，正是他们自己所没有或欠缺的。没有人会误解、非议、妒忌和诽谤自己，只因你与众不同，他们就想方设法把你拉上他们的轨道，成为他们的"自己人"。

　　可是，朋友，你要坚持你自己，不要因为他人多变的口舌而轻易变更自己。他们走在——也只能走在——他们的路上，你走在——也只能走在——自己的路上。除你之外，任何人不能替你走一遭，正如你不能为别人代步一样。你只能抬起头，自己走，并且走好它。

　　美国前总统克林顿在白宫的一次谈话中说："如果要我读一遍对我的指责，更不用说逐一作出相应的辩解，那我还不如辞职算了。我在凭借自己的知识和能力而尽力工作，而且将始终不渝。如果事实证明我是正确的，那些反对意见就会不攻自破；如果事实最后证明我是错的，那么即使有十个天使说我是正确的，也无济于事。"我们再来看看这段话："戈达德教授不懂得作用与反作用的关系（针对戈达德的火箭试验，作者注）……他似乎缺少高中生都会的基本知识。"这句话是谁说的呢？它来自于美国《纽约时报》1921年的一篇社论，而受到如此尖锐批评的罗伯特·戈达德，则是现代火箭技术的先驱。人生就像长跑，当你领先别人三四米的时候，别人可能会嫉妒你，甚至会想方设法阻挡、拉拽你；可是当你领先他一圈，把他远远地甩在身后时，他也许只能羡慕你的体质了。当然，人生是跑给自己看的，是和自己赛跑的，不是为了一定要超过哪个人才参加比赛。

被误解、非议、妒忌和诽谤，也许是上天加封给英雄的特有礼遇。该干什么还干什么，而且干得更好，默默地完成自己应该完成的事情，则是对诽谤者最好的回答。

想起一则笑话，说的是祖孙二人牵着毛驴，赶完集后走在回家的路上。爷爷担心孙子累着而让他骑上毛驴，这时一位路人说话了，说这个小孩子真不懂事，真不孝顺，怎么能自己骑驴而让年迈的爷爷走路呢？于是孙子下来，让爷爷骑上毛驴。走着走着，又有一位路人说话了，说这个老人家真不懂得爱护小孩子，怎么能自己骑驴而让这么年幼的孙子走路呢？于是爷爷下来，这时两人都不敢单独骑驴了，只好步行，牵着毛驴继续前行。途中又遇见一位路人，他说你们怎么这么笨啊，明摆着活蹦乱跳的毛驴不骑，偏偏两个人都要走路。于是两人一起骑上毛驴，继续赶路，心想这下应该没事了吧。可是又碰见一个路人，说你们两人真不知道爱惜小毛驴，这么幼小的毛驴，却被你们两个人骑着，它怎么承受得了啊！祖孙两人彻底崩溃，于是采取了一个"万全之策"：两人一起抬着毛驴回家了。

这则冠以尊老爱幼之名的笑话，我们尽可以对祖孙俩的行为一笑了之。然而一笑了之之后呢？想想我们的周围，想想我们自己，谁又何尝没有遇到这种两难的困境，谁又何尝没有在瞻前顾后中被他人飘忽不定的意见所左右呢？可以说，这是一则"热笑话"，更是一则"冷幽默"。

这个世界从来就是这样，无论你做什么，也无论你做得多么认真、卖力，总会或多或少地遭到或多或少的他人的异议与反对。当你见义勇为，或者默默无闻地帮助别人时，可能有人会说你哗众取宠、另有所图，并冷眼旁观、无动于衷，甚至指指点点、冷嘲热讽；当你努力工作、忠于职守时，可能有人会说你假正经、玩虚招，甚至故意制造干扰、搅乱事局；当你开心生活、享受人生时，可能又有人会说你浮夸浅薄、虚度时日，恨不得你每天愁容满面，甚至诅咒你遭遇飞来横祸。

但无论怎样，我们都要乐于奉献、努力工作、开心生活。别人说什么，比划什么，那是他们的事情，与我们无关，因为手和嘴毕竟是长在他们身上的，我们决定不了，也无需决定。我们需要做的，只是一如既往地按照自己的天性、良知和原则做着自己该做的事情，并尽可能地做到让自己满意。

忠于自己天性的人，就是那些能够用别人扔向他的石头铺设路基的人，就是那些能够科学过滤别人的嘲讽并以此为动力的人，就是那些冒着世俗的误解和中伤而依旧兀自冒"雨"前行的人。他们当然生活在和我们相同的世界里，但更多的是生活在自己的世界里，与外界始终保持一定的距离，保持自身的一份清醒。

坚守自己

一次，和同事在"飞秋"上聊天，转摘如下。"大脑袋"是她的网名，"细细的红线"是我的网名。

大脑袋：不能改变过去的你，因为一切已成事实；但我们可以创造明天。

细细的红线：联结无法更改的过去和充满变数的未来的，是转瞬即逝的现在。

大脑袋：活在当下。

细细的红线：可是当下有无数个，所有的当下，均应尽量以天性为牵引，尽量服务于同一个主题。唯此，所有的当下才具有更为清晰的意义。

大脑袋：尽量多做有意义的事情。

细细的红线：我认为所有的"有意义的事情"均应自觉地服从"同一个"意义，那就是自己的天性；否则，杂质的意义没有意义。

大脑袋：天性＋生存需要。

细细的红线：我们经常以生活的名义生存着。

大脑袋：人嘛，不是猪狗，虽然很多时候过着猪狗不如的生活。

细细的红线：这句振聋发聩！

大脑袋：走自己认为对的路，造就唯一的"我"。

我们只能成为自己，如果受到太多他人意志的影响，一味地盲目从众，那就只会成为他人意志所设计的产品而已，也许这种产品满足了一些人的需要，但却并不是我们所能提供的最好产品。

曾经参加过一次会议，会上，大家以恳谈的形式进行自我评议，之后其他人分别对其提出意见和建议。这种"循环赛"性质的"批评与自我批评"，是一种开放的教育形式，也是同事之间加深了解、相互帮助、增进感情的绝好时机。

我要说的是，每个人都在以自己的标准对别人提出希望。我不否认这种"自己的标准"是社会化的结果，但社会化的结果毕竟要由——也只能由"自己"作为主体来体现和承担。我们对他人好恶的评判标准，正是我们对社会化的自我解读的结果，是一种个人化的东西。

每个人都走在自己的路上，也只能走在自己的路上。但是需要指出的是，现实生活中的很多人是随波逐流地走在喧嚣的、热闹的大众的路上，而不是天性为自己指引的那条唯一适合自己路上。上天为每个人设定了唯一的路，可是很多人因为虚荣、懒惰、盲从而放弃了本该仅属于自己的路，走在并不适合自己的路上，活在他人的眼中，他人的标准成为他唯一的努力方向，他人的赞赏成为他唯一的前进动力。可是他人的标准是会变的，他人的赞赏也可能出于诸多不同的动机，倘若一味地以他人的标准和赞赏作为自己工作和生活的导引，那么你只能是为他人而活着，你的一生，至少在客观上只不过是在为他人的标准和赞赏卖命而已，你又何曾真正地活过？

我的意思并不是说丝毫不要在乎别人的评价，也不是说藐视、践踏法律和道德，而只是说，在成熟而不过度社会化的前提下，每个人都要最大限度地活出真我，活出自己的真性情。当然，不能以损害他人合理、合法的真性情为代价。

1994 年，一张反映苏丹大饥荒的照片获得了普利策奖。画面上，一只兀鹰盯着一个皮包骨头的小女孩，等待她死去。照片发表后引来很大争议，很多人质问拍摄者卡特"当时为何不向小女孩伸出援助之手"？虽然当时在苏丹的外国记者被告知不要接触饥民，因为可能会染上疾病；虽然卡特在拍完照片后马上赶走了兀鹰，但这些都不能让他聊以自慰。他深深地自责道：

"我没有抱起那个小女孩，我感到十分后悔。"获奖后不久，1994 年 7 月 27 日，卡特自杀，年仅 33 岁。这是一个极端的事件，也是一个值得我们深思的事件。在多重良知的交替拷问下，卡特在"该不该让新闻发生"的两难困境中作出了自己的选择，并再次于"让新闻发生"后作出了最终的选择。

麦克拉斯是美国极负盛名的心脏移植专家，曾就职于布奇逊中心医院。就是在这家医院就职的最后一段日子里，他收治了两名身高相近、血型一致、都急需心脏移植的患者。一位名叫坎贝尔，32 岁，是一名花匠；另一位名叫弗尼斯，62 岁，是总统的高级顾问。如果不能及时进行心脏移植，两个人的生命期限都只有四五个月左右。

在心源异常紧张的情况下，能否在有限的时间内及时得到心脏，是麦克拉斯焦虑的问题之一。更为严峻的问题是，假如仅获得一颗心脏，究竟先给谁移植呢？

给高级顾问移植的理由非常充分：他是总统的高参，延长他的生命，可以维护国家的利益；他是资深政治家，给他治好病不仅能够取悦总统、白宫和自己供职的医院，还可以通过"明星效应"扩大自己的知名度。

但是，62 岁的高级顾问的肾脏、肝脏受损的程度已经超出了心脏移植的标准，把心脏优先移植到他身上，显然不会比移植到花匠身上的作用大。尽管如此，白宫和院方仍在施加压力，这让麦克拉斯身心备受煎熬。

一个消息终于传到了麦克拉斯的耳朵里：800 公里外的一个小村庄，有一个年轻人因车祸意外死亡，其身高与两位患者相近，血型也完全相同。但麦克拉斯高兴不起来，他内心经历着痛苦的挣扎，因为，他要么屈从于白宫和院方的压力，把心脏移植到高级顾问身上，但会因此饱受良知的谴责；要么恪守科学精神，把心脏移植给花匠，但这样会蒙受巨大的压力和离职的危险。

麦克拉斯进行着艰难抉择，最终选择了科学，选择了公平和正义，把心脏移植给了花匠，延长了他的生命，自己却受到了院方的解职处理。

这位伟大的医生失去了自己心爱的工作，却赢得了千千万万人的尊敬。他用崇高的医德保证了稀缺心源的有效利用，捍卫了平等的救治权，实现了医疗公正。[①]

　　工作中，我们经常会遇到进退维谷的处境。面对艰难的选择，人生的天平只有倾斜于我们的天性和良知，才会获得真正的、长久的安宁。正如美国诗人克里斯托弗·莫里（Christopher Morley）所说："世界上只有一种成功，那就是能够以自己的方式度过一生（There is only one success——to be able to spend your life in your own way）。"

[①]　徐睿：《救大官还是救花匠》，《成功之路》2009 年第 4 期。

未经天性引领的生活是被动的生活

　　尽管我们从事着不同的行业工种，恪守着不同的职业规范，但是有一点是相同的，那就是应尽量使形形色色的职业行为成为自己人生使命（真我的呼唤）预设的一部分，成为实现人生使命的主要依据，而不是成为放任自流、随情（势）所至的偶成之为、权宜之举。没有以天性为牵引的明确的人生使命，再完美的业绩也没有太大的意义，至少对于自己来说是这样的。正如你想要瞄准的是一棵大树，却非常精确地击中了一块石头一样，面对飞溅的碎石，尽管旁人对于你精湛的枪法赞不绝口，但真正的评判者却是旁人永远也无法看到的我们的内心，不像飞溅的碎石那样有目共睹。

　　没有天性牵引的明确的人生使命，尽管我们可能一身疲惫、也可能轻松度日，可能穷困潦倒、也可能意气风发，可能俗不可耐、也可能超凡脱俗，也都只不过是把自己的精力和时间交予他人，被他人的需要所租赁、占用和挤压。在这种被动的生活中，哪有本真自我的容身之处？被动的生活，恰似一艘在大海里或主动或被动地失去动力的小船，随风漂移，任凭风向的摆弄，不知自己究竟将要停靠何处、可以停靠何处。而它那高高扬起的帆，无论如何漂亮、如何坚固，都只不过是帮助方向不定的海风实现了、展示了自己的威力罢了。

天性在哪里

那么，天性在哪里呢？

天性在本真的兴趣里。

天性就是我们真正的能力优势，是我们本真的兴趣爱好，它就像一个矗立在茫茫大海中的灯塔，为我们指引着前进的方向。

人的本质在于渴望：一个人是什么，不在于他说了什么，甚至也不在于他做了什么，而在于他心中那个长久而强烈的渴望。尽管这种渴望可能永远无法实现，但在他说过的话和做过的事中，我们似乎总能找到那种渴望的影子，从而使得他后来说的话、做的事都带有一种似曾相识的味道。

一个人最重要的事，就是找到和实现自己的天性。找到自己的本真天性、能力优势、人生使命、内心呼唤，这才是最重要的，而非何种单位、何种岗位，那些都只不过是实现天性、能力优势和真我呼唤的平台而已。

天性在基因密码里。

在上天的安排下，我们来到这个陌生的世界，踏上全新的人生跑道，谁都无法弃权，也无法罢赛。生活高举着它的鞭子，鞭策着置身其中的每个人奋力前行，勇敢地直面一路的挑战。

人生的跑道上，你可能会觉得自惭形秽，感到满身疲累，甚至甘愿主动放弃。但是，请别忘了一个冷冰冰的事实，那就是我们能够来到这个世界上，天生就已经是"最优秀的赢家"了。因此，我还是奉劝人们别太自卑，也别过早泄气。

希望每个人在行囊中，都装入了足够的快乐和自信，面带微笑跑完全程。无需非要争得第一，只要尽其全力足矣。能够成为众多个自己中最符合天性的那个自己，就是最大的成功，就是当之无愧、名副其实的第一。

从这个意义上说，每个人都在和自己赛跑，唯一的对手不是同个科室、同个部门、同个领域的那个人，不是任何一个别人，而是自己。成功就是成为自己，成为最优秀的那个自己。那些忠实于自己的天性，并将天性发挥到极致的人，就是最优秀的人，当然，一定也是成功的人。

天性，唯有天性才是区分优秀还是平庸、成功还是失败的真正判官。

反思出天性。

天性就像一个筛子，它由人生使命这种竹片精心编织而成。反思时，我们将各种大大小小的"事务豆子"一并放入这个筛子，必须由良知来担任忠实而公正的双手，仔细地摇动它，之后，看看筛底究竟留下些什么。筛底留下的豆子，就是符合我们天性、人生使命和能力优势的主业。如果这个筛子足够耐用，如果我们的双手足够有力，我们终将会筛出更多合格的豆子。正是这些豆子，构成了我们真实的一生，或伟大或平庸。

很多时候，我们并没有高效地利用时间，也没有真正地享受生活；只是简单而麻木地度过了时间，被动而拙劣地填充了生活而已。学会放弃劣质的豆子和无用的杂物，也就提高了优质豆子的比例；提高了生活的纯度，也就收获了有意义的人生。

在通信发达、手机普及的信息化时代，很多人的电话经常占线，很多人因为日渐缩短的待机时间而大发牢骚，很多人患有欲罢不能的手机综合征。人们忙着与别人通话，有熟人，有陌生人，也有半生不熟的人，为了苟延残喘的生存，为了虚幻短暂的名利。人们忙着联系生意、沟通感情，或者纯粹是为了打发无聊的时间，他们把自己交给了、当给了手机，成为手机的奴隶。

朋友，你可曾尝试着拨打自己的号码（用另一个号码），想象着对方接听了电话？请你想一想，认真地想一想，这时，你会对他说些什么呢？

朋友，你可曾仔细地端详镜中的自己，独自面对镜中的熟悉而陌生的"另一个你"？这时，你会对他说些什么呢？

朋友，你可曾在逼真而离奇的梦境中遇到过自己，以一个旁人的身份和角度客观地审视自己？当你在梦中看见"另一个你"时，你又会对他说些什么呢？

请别忘了经常与自己对话，因为天性经常会在人们反思性的自我对话中浮现出来。

简化出天性。

简化出真相、出实质、出天性。将我们平日里视为必要的各项工作列个清单，不用考虑各个选项之间是否完全对等、是否相互包含，将想到的一切都罗列出来。然后，再分门别类地将它们整理为几个大的类别。在每个类别中，我们需要经过深思熟虑，按照只许选择和保留一项的苛刻要求，果断地划掉其余的所有选项。朋友，那留下来的选项，对于我们来说才是最重要的，也是我们需要花费最多精力投入其中的，我们应该分配给它们最多的时间，而不是将它们无情地挤压于狭小的空间内，并以各种美丽的借口和真实的谎言来搪塞，使其无限期地拖延下去。

简化出轮廓、出真相、出实质。只有简化、再简化，才能清晰地看出什么是最重要的，什么是次重要的，什么是不重要的，什么是完全可以忽略的。

别遗弃了自己的天性

朋友，无论你是在平坦宽阔的康庄大道上，还是在泥泞不平的乡间小道上，抑或是在危机四伏的沼泽地里，始终都别忘记自己的天性。每当迷茫时，抬起头来看看那座灯塔，看看你是不是偏离了它。尽管你可能一身疲惫却仍然无法抵达那里，但正是通往那里的种种艰辛的努力，构成了人生的全部。

只要我们稍加留意，就不难在职场中发现这样一些人：他们忙于应对那些并无多少实质意义且看不到头的烦琐事务，疲于处理那些大多由他人设定且在自己兴趣之外的案头工作，而将自己的人生使命弃之一旁，无暇理睬，就像将亲生子女丢入肮脏而冰冷的阴沟一般冷酷无情。

可是，在一些公开的场合（如述职大会），他们反而以唯恐别人不知的焦急心情，极力推销和展示自己所谓的"业绩"。殊不知，那使他筋疲力尽的主业，其实只是细枝末节的副业，况且还付出了"遗弃子女"的惨重代价。

我丝毫不怀疑他们也在从事着自己的事业，也不怀疑他们一生所取得的"无意中的有意"的贡献，但那是他们首先自造了一种模糊认识，接着再相信这种模糊认识，并进而以此模糊认识为大前提所推论出来的不得不干的所谓事业。就像当了一辈子泥瓦匠的贝多芬，尽管贝多芬也很可能成为一位不错的泥瓦匠，但在那被泥瓦牵绊的一生中，他又有多少时间和精力徜徉于音乐的殿堂呢？

在人生的旅途上，每个人都曾经走过弯路，很多人可能至今仍然锲而不舍、信心满怀、抬头挺胸地走在弯路上。其实，路本无所谓弯直，主要取决于你要去哪里。因为每个人的目的地不同，对于一个人来说是弯弯曲曲的路，可能对于另一个人却是省时、省力、省事的终南捷径。选择一条什么样的路，本无可厚非，只要这条路不是杀人放火、伤天害理之路，关键的问题是依据什么选择道路，选择了之后，是否始终如一地坚定地走在这条路上。

这就引出了两个新的问题。第一个问题，我们究竟应该依据什么来选择自己的道路。我的看法是，依据自己的天性。天性看不见、摸不着，可是，当我们能够非常享受、非常投入地从事某项工作（当然是道德、法律范围内的事情），哪怕这项工作在别人看来困难而乏味，只要我们是兴之所至，这项工作即符合了我们的天性。我们从事的工作、所在的岗位可能会变，但一个人的天性是比较稳定的。实际上，我们正是在从事一项项的工作中逐渐发现自己的天性的。

第二个问题，我们是否始终如一地走在天性规定的道路上。很多人容易受外界的影响，走着别人的路，因为那条路平坦、笔直，因为那条路旁的景色迷人，而至死都荒废着、闲置着天性为他们量身定做的那条道路。

似乎可以这样说，只要有悖于天性指引的方向，只要有违我们的本真，都应该毫不留情地放弃，而不能过多地留恋。因为，那不是我的路，那不是我的椅子。那条路看着再辉煌，那张椅子坐着再舒服，都不能投去太多羡慕的目光，也不必太在意。

如果没有一以贯之的价值观的指引，你会在意很多根本不必在意、而且经常变化的东西，你会经常"这山望着那山高"，你会盲目攀比，你会顾影自怜，在不平与失望中度过一生。而那真正值得你在意的东西，却一直被你遗忘，打入冷宫，独自待在暗无天日的角落，无人认领。它像一个孤儿，一个被亲生母亲无情抛弃的孤儿，即使有人领养了他，他也一直在客观上寄人篱下，在血缘上永远无法融入那个新的家庭。

日常生活中，无论我们有没有意识到、感觉到，也无论我们是否承认，每个人都在不可避免地受着周围场域的影响。不同大小、不同内容的场域，对人们的影响是不同的，比如办公室、单位、社会对人们施加的影响，可能同向，也可能相左；而如何取舍这种影响，如何划定不同场域的影响权重和比例，在很大程度上取决于自己。

平日里，很多人把自己不负责任地交与外在场域，任其左右和摆布。他们随波逐流，犹如在海洋上漂浮的失去动力的一叶孤舟，在风浪面前无能为力，哪怕这风浪只是很小的一股暗流。

客观地讲，在大自然和社会面前，个人的力量实在微不足道、不堪一击。然而每个人都不应以此为借口，放弃"一击"的念头，草率地将自我流放于强大而多变的场域，完全成为别人的影子，唯独没有自己。

> IBM 公司的总裁汤玛士·华生，原本就有心脏病，有次旧病复发，必须马上住院治疗。
>
> "我怎么会有时间呢？"华生一听说医生建议他住院，立刻焦躁地回答，"IBM 可不是一家小公司啊！每天有多少事情等着我去裁决，没有我的话……"
>
> "我们出去走走吧。"医生没有多说什么，并亲自开车邀他出去逛逛。
>
> 不久，他们来到近郊的一处墓地。
>
> "你我总有一天要永远躺在这儿的。"医生指着一个个的坟墓说，"没有了你，你目前的工作还是会有别人接着去做。你死后，公司仍然还会照常运作，不会就此关门大吉。"
>
> 华生沉默不语。第二天，他向 IBM 董事会递交了辞呈，并住院接受治疗，出院后又云游四海。而 IBM 也并未因此而倒下，至今依然是举世闻名的大公司。①

朋友，敞开自己的窗户吧，让明媚的阳光照射进来。尽管我们控制不了阳光是否来临、何时来临，但让阳光撒播在哪里、撒播多少，则是我们自己说了算的事情，与外界场域无关。

朋友，你的"孩子"在哪里？你有没有无意中将他遗弃，让他孤独地走在冰冷潮湿的雨夜，蜷缩在狭窄阴暗的墙角……

---

① 张健鹏、胡足青：《小故事大智慧》（经典珍藏版），当代世界出版社 2005 年版，第 22 页。

二、目标：天性监制的人生地图

发现自己的天性只是一个起点，在天性的指引下，我们还应制定个人的奋斗目标。脱离天性的目标是盲目的，而没有目标支撑的天性是闲置的。正是天性引领下的一个个具体目标，将我们漫长的前行道路分割为了一节节有意义的区段。

美国著名发明家、哲学家查尔斯·凯特林说过："我们必须着眼于将来，因为那是我们度过余生的地方。"我总认为，谁若没有自己的目标，谁就只能按照别人的目标去生活，就像一只本该搏击长空的雄鹰，却甘愿被关在温暖而狭小的笼子里供人赏玩；谁若没有长远的目标，谁就只能陶醉于一个个看似成功实则"无用"的眼前目标，就像每节短短的路程都跑得飞快的人，却不知道自己究竟要跑向哪里；谁若没有契合天性的目标，谁就只能在一身疲惫之后却无功而返，就像一位身在广州要去厦门的游客，却走上了一条荆棘密布的通往昆明的道路。

人生需要目标

负重前行的路上，最重要的不是当前所站立的位置，而是今后所努力的方向，那个令我们欲罢不能、心向往之、达而后快的有意义的方向。

在人生的道路上，如果我们不知道自己前进的大方向（不知道应该赶往哪个景区），甚至连自己要去哪里都不清楚（不知道究竟应该赶往哪个景点），那么，任何一条道路都可以把我们带到目的地，任何一个导游都可以让我们心甘情愿地被他带走。正如射击中我们随便击中哪里，便事后将弹着点标注为靶心的十环一样，这实在是自欺欺人的自我安慰之举。重点不在于我们击中了哪里，而在于我们应该击中哪里。也就是说，我们在出发之前，应该备有一张较为清晰的、亲自制作的人生规划概图，并以之作为导航之用的地图。

有的人手中的地图过于概略和模糊，以至于连主干道都看不清楚，那么，每每遇到一个岔路口，他都会犹豫和迷茫，究竟该左转还是右转，还是直行，从而不断陷于选择的困境。看似手持地图，可仍然迷路了。

有的人根本就没有地图，走到哪里算哪里，任何地方都可以成为他的停靠和歇脚之处，但是别忘了，他可能没有落脚之处，因为落脚处已被同样没有地图的其他路人所占据。对于他来说，到处都是路，而实际上路上满是人；看似热闹非凡，实则异常拥堵。

有的人手中的地图是借来的（或者是别人硬塞给他的），因为他也想去借给他地图的人曾经去过的地方，据说那里山清水秀、景色宜人。殊不知每个人都只能有其自己独特的审美标准，根本无法替代和转让，因此每个人只能欣赏他自己眼中的景色。尽管抵达景点，可他还是失望了。下面这位残疾青年的人生奋斗目标，就是这种情况的真实写照：

在英国伦敦，一位名叫斯尔曼的残疾青年，他的一条腿患上了慢性肌肉萎缩症，走起路来都很困难，可他凭着坚强的毅力和坚定的信念，创造了一个又一个令人瞩目的壮举：

19 岁时，他登上了世界最高山峰珠穆朗玛峰；21 岁时，他登上了阿尔卑斯山；22 岁时，他登上了乞力马扎罗山；28 岁前，他登上了世界上所有著名的高山。

然而，就在他 28 岁这年的秋天，却突然在寓所里自杀了。

功成名就的他，为什么会选择自杀呢？记者了解到，在他 11 岁时，他的父母在攀登乞力马扎罗山时，不幸遭遇雪崩而双双遇难。父母临终前，留给了年幼的斯尔曼一份遗嘱，希望他能像父母一样，一座接一座地登上世界著名的高山。

年幼的斯尔曼把父母的遗嘱作为自己人生的奋斗目标，而当他全部实现了这些目标的时候，感到了前所未有的无奈、空虚和绝望。

在自杀现场，人们看到了斯尔曼留下的痛苦遗言："这些年来，作为一个残疾人，创造了那么多征服世界著名高山的壮举，那都是父母的遗嘱给了我生命的一种信念。如今，当我登上了那些高山之后，我感到无事可做了……"[1]

其实，每个人持有什么样的地图，将要赶往哪里，怎样赶往那里，何时赶往那里，完全是自己的事情，也应该是自己说了算的事情。然而，由于各种可控和不可控的原因，很多人却迷路了、失望了、拥堵了。

---

[1] 《羊城晚报》2004 年 3 月 22 日。

紧盯自己的人生总纲

没有人生的总纲，没有对自己的人生有一个清晰的全景规划和明确的顶层设计，我们的一切所作所为都是努力地——然而也是盲目地——服务于他人的全景规划，效命于他人的顶层设计而已，何尝真正为自己生活过。

尽管这种服务和效命可能堪称完美，但对于自己的人生总纲（使命）来说，这种完美没有太大的意义，除非这种服务和效命的内容恰好符合自己的人生总纲，但我更倾向于认为，这是一种事已至此的、无奈的自我安慰而已。

我并不是说，每个人在工作、生活中都应仅仅听命于自己的人生总纲，而对其他的一切不闻不问（事实上，即使我们想这样，也是不可能、不现实的）。作为公民，我们当然要遵守社会公德和法律法规；作为职业人，我们当然要恪守各行各业的职业道德和职场规范；作为子女、父母，我们当然要信奉家庭美德、文化传统。但这只是最基本的社会化要求，是一个很低的门槛、"过关性"的门票，如果就此止步，我们固然可以成为守法的好公民、尽职的好员工、合格的好父母、孝顺的好儿女，度过幸福或不幸福的一生，但也许就仅此而已了。

缺乏总纲指引的人生，尽管可以壮美，但这壮美仍然包含着太多"碰巧"的成分，作为主人的本真的天性，对这种壮美是不屑一顾的。就像我们去医院探望钟爱葡萄的年迈父亲时，手里却提着装满苹果的果篮，尽管这苹果可能价格不菲，色、香、味俱佳，但父亲依然将其推至一旁，打入冷宫。可能有人极其喜爱苹果，并对这果篮赞不绝口，但那人却是另一张病床上的老人，不是我们的父亲。

这时，可能别人会指责我们不孝，可能我们也会极力辩护并予以否认，但在这个冷冰冰的事实面前，我们只能低头承认：我们送对了人，却不折不扣地提错了果篮；我们"送"错了人，却在无意中提对了果篮。

　　只有时刻对自己的人生总纲有着高度的自觉和清醒的认识，我们才能拨开层层迷雾，坚定地走在自己的路上。尽管有的路人会觉得我们走得如此艰辛，并冷眼旁观，不时投来嘲讽的或者同情的一瞥，但他人可曾知道，我们的内心却正在享受着幸福的苦中之蜜。而那些在途中忘记、甩掉自己地图的人，尽管一路好风景，却也难逃最终的蜜中之苦。

用天性过滤目标

有时想一想，我会发现这样一种现象：读书时，每个人都是根据自己的喜好、兴趣、阅读时的心境来标注出自己独特的下划线，不同的人阅读同一本书，标注的内容、有感而发的地方是不尽相同的。只凭借这些标注出来的文字，我们就可以大致了解他的精神轮廓，因为他是根据自己的性情和特有的心理格局，将一本书中符合自己喜好、兴趣与心境的文字挑选出来，赋予它们不同于其他文字的特殊意义。正如茫茫人海中的一见钟情一般，人们都是根据内心早已存在的标准和模子来认识外部世界，不断地将"同类项"纳入自己的疆域和"势力范围"，并以此丰富、完善、修改和更新着自己的内心疆域。

负重前行的路上，我们究竟要去向哪里？不要急着回答，先停下急匆匆的脚步，等等被我们甩在身后的灵魂，想想自己的天性是什么，并据此修正我们的去向。也许，在下一个岔路口，我们会作出让灵魂满意的选择。

其实，我们做的是什么事情，比我们把这件事情做得怎么样更加重要。也就是当前所流行的那句话：先做"对"的事，再把事情做"对"。做的是什么，把我们归入了一个大的门类（如医生、教师）；做得怎么样，只是把我们划入这个门类中的更小的种类（如名医还是庸医，传道授业的良师益友还是误人子弟的无良教师）。因为一位称职的教师，尽管在传道授业方面卓有成就，却不能排除这种情况，那就是他本来更有可能、更有希望成为一名优秀的医生，在救死扶伤方面做得更为出色。

我奉劝人们先解决当教师还是当医生的问题，再考虑当一名什么样的教师、什么样的医生的问题。因为只有首先做了"对"的事情，才能更好地把事情做"对"。这样，无论是于己还是于人，都更有意义一些；否则，无论于己还是于人，在客观上都是一种可惜的浪费（天性的浪费是最大的浪费，天性的闲置是最大的闲置）。

也就是说，做什么，是顶层的、重大的战略问题；而做得如何，仅是细节的、从属性的战术问题。违背战略意图的战术，哪怕再高明、再有效、再精妙，都是南辕北辙，就像再优质的黑色画笔都无法绘出斑斓的彩色图案。

用天性过滤目标，就要学会适当放弃。

放弃，是一种智慧。毫不可惜地放弃有违自己天性的东西（尽管在很多时候，那是美丽的光环，是很多人梦寐以求的彩头），是一种淡定的超脱，也是一种难得的清醒，是一种站在人生的更高台阶上，俯视世间纷扰和世俗争斗之后，作出的一个成熟和冷静的决定。

告诉我你在追求什么，你愿意"得"什么，我并不足以据此认识你；告诉我你厌恶什么，你愿意"失"什么，我将马上了解你。"失"比"得"更能反映一个人的本质，它就像一道准绳、一条警戒线，凭借它明晰的区分度，一下子就可以把我们精确地划归不同的类属。正如一位哲人所说，生活的艺术就在于对选择与放弃的合理调配（All the art of living lies in a fine mingling of letting go and holding on）。

其实，选择本身就是一种放弃，而放弃本身也是一种选择。你选择了一个，意味着放弃了其他的所有选项；你放弃了一个，意味着选择了自己认为更加值得珍惜的东西。关键的问题是，你的选择和放弃，应该始终围绕着一条主线，这条主线就是自己的天性和心灵。无论是选择还是放弃，都要顺应自己的天性，都要使自己的心灵感到真正的快乐。每个人都应该多思考点感兴趣而又有价值的问题，少参与些无聊而又耗时的活动，把主要精力投放于自己的天性所导引的方向和去处。

很多时候，选择是艰难的，放弃是痛苦的，尽管如此，我们还是要始终不时地抬头看看远方早已设定的"天性灯塔"，时常看看自己走过的和正在走的路，并及时调整航线，勇敢地抗击使自己偏离航向的风浪，坚定地走在自己的路上。

设定和宣告你的目标

仅仅认识到目标的重要性是不够的，还要将天性指引下的目标"落地"为行动。制定目标时，应主要考量目标的精神价值而非物质财富，因为只要实现了具有足够精神价值的目标，物质方面的东西自然会随之而来，这不应成为我们的顾虑。相反，物质财富却并不一定会带来相应的精神价值。

目标不是越大越好、越高越好、越难越好。确立目标时，要为自己的能力划一条界线。不要以为自己是超人，什么事都能干，天大的困难也不在话下，为逞一时之能，做事不分大小，都想自己一一完成。否则，由于力所不及，反而容易在屡屡碰壁中丧失信心。比如你的语文课都还没学好，就一心想当作家；你的外语还一窍不通，就一心想成为翻译家，等等。这种不切实际的空想，不仅无助于你成为这个"家"、那个"家"，相反，还容易使你感到失望。因此，要结合自己的实际能力，确立切实可行（经过努力后可以达到）的目标，而不可一味趋高。

科学设定目标只是一个开始，还应敢于宣告目标。明确地宣告目标，其意义不在于宣告本身，而在于这种宣告是对自己、对他人的一种承诺，有利于我们更加自觉地恪守诺言，更加坚定地达到目标。就像我们在前进的道路上遇到了一堵墙，如果我们非翻越这堵墙不可，那就先将随身携带的装有旅行必备品的行囊扔过墙去吧。因为这样一来，我们考虑的重点就剩下如何翻越这堵墙而不是如何绕道行走的问题了。

想起了一个真实的故事。1940年11月27日，在美国旧金山，一位演员喜得贵子。由于父亲是演员，这个男孩从小就有了跑龙套的机会，并渐渐产生了成为一名演员的梦想。可由于他身体虚弱，父亲只好让他拜师习武，以强身健体。1961 年，他考入华盛顿州立大学，主修哲学。后来，他像常人一样结婚生子，但心底从未放弃过成为一名演员的梦想。

1969 年 1 月的一天，他与朋友谈到梦想时，随手在一张便签纸上写下这样一段话：

I, Bruce Lee, will be the first highest paid Oriental superstar in the United States. In return, I will give the most exciting performances and render the best quality in the capacity of an actor. Starting 1970 I will achieve world fame and from then onward till the end of 1980 I will have in my possession $ 10,000,000. I will live the way I please and achieve inner harmony and happiness.

汉译为：

我，布鲁斯·李，将会成为全美国片酬最高的首位东方超级明星。作为回报，我将奉献出最激动人心、最具震撼力的演出。从 1970 年开始，我将会赢得世界性声誉；到 1980 年，我将拥有 1 000 万美元的财富，那时候我和家人将会过上愉快、和谐、幸福的生活。

当时，他过得穷困潦倒。可以预料，如果这张便签被别人看到，会引起什么样的白眼和嘲讽。然而，他却始终牢记着便签上自己书写的每个字，克服了常人难以想象的无数困难。1971 年，他主演的《猛龙过江》等电影先后刷新香港票房纪录；1972 年的《龙争虎斗》使他成为一名国际巨星——被誉为"功夫之王"；1998 年，美国《时代》周刊评选"20 世纪英雄偶像"，他是唯一入选的华人。

没错，他，就是"最被欧洲人认识的亚洲人"——李小龙，一个迄今为止在世界上享誉最高的华人明星。

1973 年，他英年早逝。在美国加州举行的李小龙遗物拍卖会上，这张便签被一位收藏家以 29 万美元的高价买走，其 2 000 份获准合法复印的副本也当即被抢购一空。

当我们把设定的目标宣告出来，达到目标就变成了一种承诺。这时，道路上的墙壁及其高度就不仅仅是一个物理概念，而成为衡量我们究竟多么想翻越它的一种心理动机，一种成就自己的内心渴望。这时，我们就会变得有远见，过往的经历会自动发挥积极的作用，并能预测未来的很多可能。

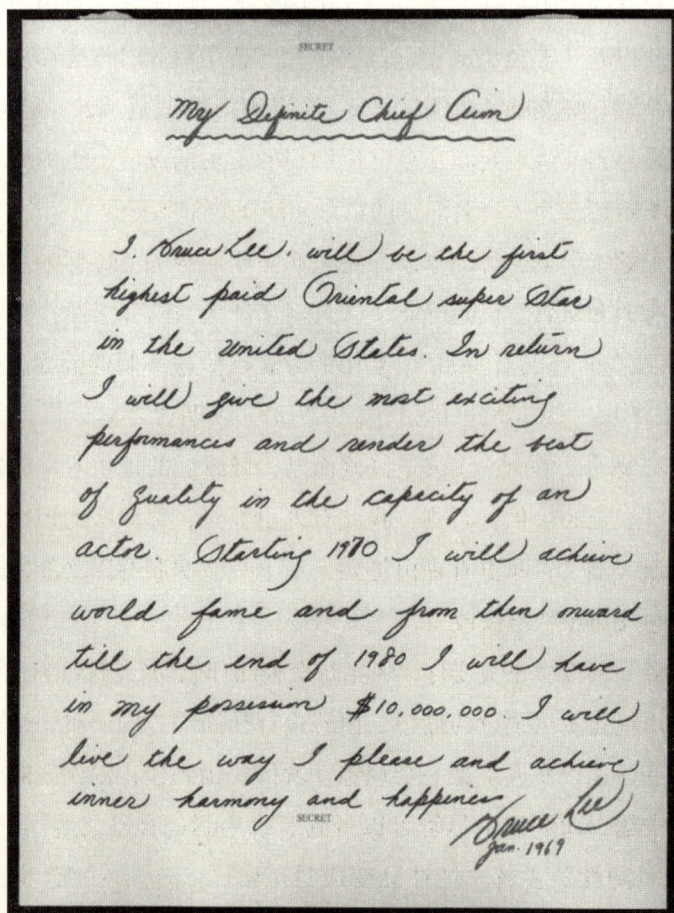

SECRET

My Definite Chief Aim

I, Bruce Lee, will be the first highest paid Oriental super Star in the United States. In return I will give the most exciting performances and render the best of quality in the capacity of an actor. Starting 1980 I will achieve world fame and from then onward till the end of 1980 I will have in my possession $10,000,000. I will live the way I please and achieve inner harmony and happiness.

Bruce Lee
Jan. 1969

李小龙写于 1969 年 1 月的便签

目标要有弹性

目标应富有弹性。世界上的事情是复杂多变的，根据变化着的情况适时、适当地调整自己的需求目标，是一门人生的艺术。以欣赏文艺演出为例，如果我们总是死抱着"非他莫属"的观念不放，就难免因演员变换或水平略逊而感到大失所望、嗟然叹气。相反，倘若我们的期望是灵活的、随遇而安的，那么，即使看不到、听不到原来自己所期望的演员的表演，也不会因此而扫兴沮丧，说不定还会为另一名演员的精彩表演而鼓掌喝彩呢。

目标是天性指引下的行动指南，是人们渴望实现的美好愿景。然而很多时候，这种指南和愿景实现的可能性（人们主观认为的可能性）会因为种种因素的制约而打折，人们往往采取妥协的方式回应这些制约因素。这时，因势修改理想，作为一种策略性的措施，不失为一项明智之举。

修改是必要的，然而，仅仅是修改而已，修改后的理想不应颠覆原有理想的基本支柱和核心价值；否则，我就有理由怀疑，你原有的理想是不是一时冲动、心血来潮了；我更有理由怀疑，在下一波次制约因素的冲击下，你修改后的理想又将很快被修改。

除非外界条件发生重大变化，否则每个人的理想均应保持相对的稳定性。我们当然可以优化重组预设的理想，但若进行伤筋动骨的调整，则早已预设的理想也就变样了，变成了另一个理想。就像一幅画作，创作之前就应事先确定明确的主题，而创作中尽管可以得到意想不到的神来之笔的额外眷顾，但若过度地"随性"发挥，往往会变成另一幅画。这新的画作也许不乏灵动，但早已成为计划外的"超生儿"了。

我并不是说画作的主题绝对不能更改，而是说，一幅预设的鲜明主题被轻易更改的画作，即使再精美，都只不过是仰仗了瞬间的灵感罢了，而这瞬间的灵感，大多是可遇而不可求的偶然事件。而一个建立在偶然性上的理想，其实现的可能性是可想而知的。

全时空的人生使命

纵观整个人生，留给我们人生使命的时间其实是很少的。不信吗？我们以大多数人普通的一天为例进行说明。

在这24小时中，大约8个小时（一天三分之一的时间）是用于睡眠的，一日三餐（包括买菜、做饭、洗碗）用掉2小时，上下班的路上用掉1小时，吹牛闲聊用掉2小时，上网、看电视、看报纸用掉2小时，各种会议、他人到访用掉1小时，接打电话、收发短信、体育锻炼用掉1小时，这样算下来，我们就仅仅剩下7个小时了。在剩下的这7个小时里，我们要处理很多工作上的固定事务，还要应对不少计划外的临时事务。

可想而知，完全可支配的、纯粹用于人生使命的时间已经所剩无几了，这似乎是一个不争的事实。那么，在这自己可以操控的极其有限的时间内，我们应该怎样实现自己的人生使命呢？

问题自有其解决之道。我觉得，我们完全可以通过不停的观察、思考和总结，将人生使命溶解、配置、分装于全时空的各项事务中。人生使命就像一位风格鲜明的主编，把他的各个记者派往不同的地点和领域，只要主编需要，随时可以了解、掌握各个栏目的组稿情况，对各个栏目的稿件进行选择、取舍，以更好地体现创刊风格。当然，将人生使命分装于全时空，需要我们养成随时用脑的习惯，无论在进行何种活动、处理何种事情，脑子总要处于思考状态。头脑越使用越灵活，越闲置越迟钝，只有不停运转的脑子，才能产生更多的思维火花，才能遇到更多的灵感顿悟，才能找到更好的问题解决之道。

可见，实现我们的人生使命，并不用非得等到完全闲下来之后再仪式性地启动机器，而是随时随地可以进行的事情，哪怕是在睡梦中。

你将交出怎样的人生画卷

　　那天是寒假的第四天，也是腊月二十四。在安静的办公室里，我独自做着自己喜欢的有意义的事情，有窗外明媚的阳光相伴，有悠扬的抒情歌曲相随，有仍然坚守岗位的多位同仁相守，心情很是放松。不知来来去去、聚聚散散、离离合合的人们，各自都在忙些什么，我想，定然是与春节密切相关的各种事情了。

　　一阵阵场面宏大的热闹之后，生活终将在预料之中平静下来，回归平静的轨道和平淡的味道。生活的常态和真谛，正是这种平静和平淡。

　　只有静下心来，只有在常态化的生活中，只有在平静、平淡中，一切热闹的场面才能得到有效的过滤，才能展现出清晰的意义，才能凸显出它或大或小、或无或"副"的价值。衡量一切场面和仪式的标准，不在于其场面有多么宏大，仪式有多么隆重，而在于它在多大范围内为平静、平淡留出了更多的空间，在多大程度上促进了平静、平淡的最终实现。

　　打破"大平静"的场面和仪式，并非真正的进步，只是有名无实的哗众取宠罢了，客观上只是对他人的一种刺耳干扰而已。

　　传统的新春佳节，免不了在与家人的团聚中享受亲情的滋味，免不了在走访亲友中彼此提醒友情的可贵，也免不了在爆竹声中迎接新年的到来，免不了在大段的假日中享受难得的轻松，这本是再正常不过的无可厚非的事情。我要提醒大家注意的是，在忙忙碌碌的一年中，很多人无暇顾及为浓烈的亲情、可贵的友情、轻松的休闲留出足够的时间，却希望用短短的春节假日来弥补长期以来自身的疏忽，就像一位平日里经常逃课却信奉"临阵磨枪，不亮也光"的考生，到头来往往会收到实在让人不敢恭维的成绩单。良好的学业成就，岂是考前临时抱佛脚的彻夜复习所能促成的？

一段亲情如何，并不取决于相聚的时间长短；一段友情的分量，也不取决于相聚时的热闹程度；一份休闲的质量，也不取决于游玩时的刺激程度。我更倾向于认为，亲情、友情、新年、休闲并非春节时期的专利，而是需要我们每天都温习的功课。平淡无奇的每天里，我们如何对待亲人和朋友，已经标注了我们的亲情、友情质量；我们如何度日，如何休闲，已经标注了我们的生活质量。亲情、友情、生活的质量，早已被我们长久以来每日的习惯所事先注解了。短暂的春节假期，难以更改这种顽固性的注解，最多只是对这种顽固注解的拙劣的二次注解罢了，就像我们不能期望一块已经被水流冲刷得圆溜溜的鹅卵石在巨大的洪流面前变更形状一样。

我们平日里的经常性所为，已经划定了各项生活指标的平均数，刻意布置的热闹和精心策划的排场难以撼动这个数值，因为它们的权重实在太小，小得完全淹没在那川流不息的生活溪流中。

从这个意义上说，我们平日里的所为，就像一支奇妙的画笔，画就了我们生活的各个侧面。在生命的终点，每个人都要上交自己的画卷成品，或者看似平淡无奇而主题鲜明，或者看似丰富多彩而不知所云。

很多时候，我们的职务晋升、岗位调整以及与此相关的涉及个人切身利益的问题，是由组织和他人决定的。当不能如愿以偿时，有人喜欢将这种失意的结局冠之以"命运"，并借以减轻失意的痛苦，抵消自认的不公，获得暂时的安慰。

其实，更多的时候，命运是掌握在自己手里的画笔。尽管对我们的画卷作出评判的是他人，但这幅画卷却确定无疑地出自我们之手，与其抱怨画卷的得分太低，不如确定鲜明主题，埋头苦练画功，切实提高自己的画卷质量。否则，难免会在下一次的画卷"博览会"上发出"命运"之类的感慨。

由此想起了另一件事。一天，儿子牛牛拿起画笔在我的卡片纸上胡乱画着，并骄傲地将他的"作品"展示给我，以期得到我的赞许。可是，对于那张完全"印象派"的图，我实在看不出什么主题，因为那只是牛牛任意为之的一幅"无题"之作。那刻，我突然联想到了人的一生。

　　人的一生可以比作一幕长长的画卷。起初，父母将我们带到画布之前，亲自为我们铺开画布，教我们如何抓握画笔，并教授一些简单的绘画知识。之后，老师为我们由浅入深地系统传授绘画的方法和技巧。毕业学成之后，每个人拿着或粗或细、或长或短的画笔，依据自己的天性和他人的指点，在各自的画布上绘出每个人的作品，并在人生的终点把各自的画卷上交给早已在那里等候的命运判官。

　　每个人上交的画卷都是不一样的：有的画卷是由父母帮着完成的，自己着墨的地方不多；有的画卷只是反映了父母希望的内容和风格，没有自己的特色；有的画卷随波逐流，大同小异。

　　有的画卷没有主题，只是随便地在画布上涂抹，判官看不出来作品想表达什么；有的画卷是很多个独立的、互不关联的小主题，缺乏统一的规划和布局。

　　有的画卷很短，没有完成主题就主动或被迫地上交了；有的画卷很长，为判官讲述着一长串生动的故事。

　　画卷的评分标准，并不在于画布、画笔本身的质量如何，而是作品的主题是否深刻鲜明、内容是否健康充实、布局是否科学合理。

　　朋友，你将交给判官一幅怎样的画卷？

三、认真：兑现天性的终南捷径

发现了自己的天性、确定了明确的目标之后，接下来就是如何实现目标的问题了。如果你问我，怎样才是认真的行走？我想这样回答，那就是低着头、迈着勤奋的步伐日夜兼程；回过头时常反思自己走过的路，抬起头养成良好而恒久的行走习惯。唯此，才能算做优秀的、认真的行路人，才能更好地实现目标、印证天性。

拿破仑曾经说过："一个人能飞多高，并非由人的其他因素决定，而是由他自己的态度所决定。"很多人并不缺乏成功的经验、方法和秘诀，缺乏的，恰恰是全身心投入工作的认真精神，从而经常与成功擦肩而过。

八倍辛劳造就的国务卿

只要基于一个明确而健康的方向、正确而有效的方法，并辅之以持久的热情，勤奋就会最大限度地发挥我们的潜能。这时，如果再加上可遇不可求的机缘，那么，我们成功的机会就会更大。其实，所谓的机缘、机会，并不绝对是可遇不可求的，也不是一个恒定的常数。如果足够勤奋、有效率，定位足够明确，我们就可以创造机会，机会也会经常在不经意间主动前来造访，叩响我们的房门。

2005 年，美国国务卿赖斯访问我国。这一年的 3 月 20 日，在北京人民大会堂，她受到了国家主席胡锦涛的亲切会见。一个曾经备受歧视的黑人女孩，通过不懈的努力，最终成为著名的外交官，完成了从丑小鸭到白天鹅的变化。当她被问及怎样获得成功时，赖斯说："我付出了八倍的辛劳。"[1]

在赖斯小时候生活的伯明翰，黑人地位低下，处处受到白人的欺压。10 岁那年，她请假到首都游览，却因为自己的黑人身份而不能进入白宫参观。赖斯倍感羞辱，发誓总有一天要成为那房子的主人。

父母赞赏她的志向，告诉她改变黑人状况的最好办法，就是取得非凡的成就。"如果你拿出双倍的劲头往前冲，或许能赶上白人的一半；如果你愿意付出四倍的辛劳，就能与白人并驾齐驱；如果你愿意付出八倍的辛劳，就一定能赶在白人前头。"

从此，赖斯数十年如一日，发奋学习，除了母语外，她精通俄语、法语、西班牙语，考进名校斯坦福大学，并拿到博士学位。26 岁的她，已成为斯坦

---

[1] 樊富珉、费峻峰：《青年心理健康十五讲》，北京大学出版社 2006 年版，第 99～100 页。

福大学最年轻的教授，随后又出任斯坦福大学历史上最年轻的教务长。她曾获得全美青少年钢琴比赛第一名，在网球、花样滑冰、芭蕾舞、礼仪等方面也颇有造诣。天道酬勤，她终于脱颖而出。

勤奋、明确、专一、持久，有效的勤奋，会给我们带来意想不到却又在情理之中的惊喜和成功。当然，勤奋不是为了成功，至少不是刻意地追求成功，成功只是勤奋的自然结果。

勤奋在于惜时如金

《颜氏家训》中说：天下事以难而废者十之一，以惰而废者十之九。很多事情之所以失败，不是因为它本身的难度，而是因为我们的懒惰、懒散和拖延。

法国著名思想家伏尔泰曾经为时间出了这样一个谜面："世界上哪种东西最长又是最短，最快的又是最慢的，最能分割的又是最广大的，最不受重视的又最受惋惜的，没有它什么都做不成，它使一切渺小的东西归于消灭，使一切伟大的东西生命不绝。"

哈佛大学图书馆自习室的墙壁上，有20句劝学惜时的训言（见第一部分附录），其中第二句为：我荒废的今日，正是昨日殒身之人祈求的明日（I leave uncultivated today, was precisely yesterday perishes tomorrow which person of the body implored）。《士兵突击》中的许三多也说过这样一句话，"别混日子，小心日子把你给混了。"

我总认为，谁要是舒舒服服地忽悠生活，在不思进取中虚度时光，生活也会毫不留情地忽悠他，让他在懊恼悔恨中遗憾终生。

有些人可能会有这样的想法：天才就是天才，不需要勤奋与苦干，也能干出惊天动地的大事；只要自己也是天才，不费吹灰之力就会成为伟人。他们认为，天才不需要刻苦学习，在不经意中就能取得巨大成绩；或者为生活所迫，才偶尔拿起笔来挥舞一番。实际上，这种想法迷惑和"耽误"了很多人，也断送了不少人的大好前途。

英国画家雷诺兹说，天才除了全身心地专注于自己的目标，进行忘我地工作以外，与常人无异。朋友们，你是不是认为莎士比亚的不朽成绩只是因为他的天赋？看看英国诗人琼森的诗句吧！

> 虽然做诗人首先得有天赋
> 天赋却不等于美丽的诗篇
> 不用辛勤的汗水千锤百炼
> 即使是缪斯也写不出名篇

勤奋高于天赋。一个中等智力水平的人，只要踏踏实实、坚持不懈，也要比反复无常、浅尝辄止的天才更值得尊敬和赞扬。在现代社会里，那些靠天才取得的成绩，大多可以通过勤奋而获得；而靠勤奋获得的成就，光靠"天才"往往无法得到。

亲爱的朋友，人生没有彩排，每一天都是直播，我们不可能按动人生的暂停键，让一切在当下定格下来，更不可能按动人生的后退键，让一切再来一遍。人生是一本不可重复阅读的书，这一页翻过去了，就永远没有机会再"复习"了。在宝贵而有限的人生旅途，你会怎样去实现自己的梦想呢？相信你已经有了自己的答案。

关于生日的随想

　　人们在不断翻新、变着花样地以各种方式竞相庆贺生日，并赋予这个日子以超乎寻常的意义，可是却一致地忽略了这样一个事实：生日是仅仅由"月"和"日"组成的。某月某日就成为一个生日的全部要件，因为少了"年"的限定，所以每年都会有一个生日。因为一年才出现一次，所以显得弥足珍贵，珍贵到必须有一个庆典仪式来陪同的地步。

　　人们在庆祝自己生日的同时，却忽视了平时的日子，那由年、月、日组合而成的日子，因其加上了"年"的限定，每个日子就成为唯一的、确定的时间。生日这天每年都会出现一次，而每天却仅此一次。所以，客观上说，看似平淡无奇的每天，因为其不可复制性而成为比生日更为重要的日子。

　　今年的生日没有过好，还有明年、后年。而任何一天没有过好，再怎么做都无法挽回了。从这个意义上讲，一年中除了生日之外的每一天，都比生日重要 364 倍，甚至无数倍。

　　假如我们整日无所事事，那么，我们就只能是浪费了今天，最多算是度过了今天，而不能说是利用了，更不能说是享受了今天。不少人在回首往事时，曾经留下了"假如当初我更加努力一些，我会做得更好，结果就不会是今天这样"的遗憾和感慨。不管你是否赞同我的观点，踏实勤奋的性格是我们成就事业的必要前提，应该是毋庸置疑的一条铁律。

　　对于庸碌者，我要提醒他们几句。你当然可以在随大流、跟风中混日子，那是你的事情，也是你的自由，只要你记住：当日子惩罚你时，你要欣然接受，而不要只顾抱怨，因为那是你的懈怠的应得结果就行了。也就是说，你不能一边大摇大摆地忽悠日子，一边又咬牙切齿地诅咒日子给予的惩罚，就像我们不能一边在肆无忌惮地做着违法乱纪的勾当，一边又可怜兮兮地抱怨法律的严苛一样。你只能寄希望于虚幻而轻诺寡信的侥幸，尽管很多时候它虚幻得连自己长什么样都不知道。

让反思成为一种习惯

丘吉尔曾经说过，人们偶尔在摔倒的时候也能碰到真理，可是大部分人却在他们爬起来之后就匆匆走开了，好像身边什么也没有发生一样。其实，人生之路就是一段一段向前延伸的公路，每个人都在按照事先制定并公认的交通规则行车，如果我们总是时不时地追尾或者撞到路边的栏杆，如果我们的车子总是抛锚，如果我们总是收到罚单，那么，就不要抱怨路况不好，不要责怪他人开车技术不过关，或者对交通规则大放厥词。这时应该做的，就是停下车来，看看是不是车子的哪里出了问题，及时检修一下，或者反省、调整一下自己的驾驶习惯，而不是一味地我行我素；否则，你还会在前面的路上出现类似的问题，也还会一直地抱怨下去，并将所有过错都一概地推到别人身上。

忙碌中的人们，应把自我反思看做和每天洗脸、吃饭一样的习惯。每日临睡前，在脑子里过过电影，回忆当天的所作所为，进行认真的自我排查，它会帮助我们在人生路上多一些成功，少一些失败；多一分清醒，少一分迷乱。

一位牧师的人生经历，很好地印证了这一点。

纳德·兰塞姆是法国里昂最著名的牧师，无论在穷人区还是富人区都享有很高的威望。在90岁的一生中，他曾经1万多次亲自来到临终者面前，聆听他们的忏悔。

在他84岁那年，一位老妇人来敲他的门，说她的丈夫快不行了，临终前很想见见他。兰塞姆不愿让这位老妇人失望，在别人的搀护下，来到了临终者床前。临终者是位布店老板，已72岁，年轻时曾经和著名的音乐家卡拉扬一起学吹小号。他说他很喜欢音乐，当时他的成绩远在卡拉扬之上，老师也非常看好他的前程。可惜20岁时他迷上了赛马，结果把音乐荒废了，否则他一定是一位出色的音乐家。现在生命快要结束了，一生庸碌的他感到非常遗憾。他告诉兰塞姆，到另一个世界后，如果再选择，他决不会再干这种傻事，他请上帝宽恕他。兰塞姆很体谅他的心情，尽力安抚他，并告诉他，这次忏悔对牧师也很有启发。

多年下来，兰塞姆积累了60多本记录忏悔的日记，并决定编为一本书。他认为，不管他如何论述对生命、生活和死亡的认识，都不如这些临终者的话能给人们以启迪。经过几年的艰苦努力，书的内容都从日记中圈了出来，他给书起了名字——《最后的话》。可是非常意外，在法国麦金利影印公司承印该书时，1972年里昂发生了大地震，兰塞姆的60多本日记全部毁于火灾。《基督教真理箴言报》非常惋惜地报道了这件事，把它称为基督教的"里昂大地震"。

纳德·兰塞姆去世后被安葬在圣保罗大教堂，墓碑上工工整整地刻着他的手迹：

假如时光可以倒流，世界上将有一半的人可以成为伟人。

在纳德·兰塞姆看来，尽管临终反思不到最后一刻谁也不会知道，但是每个人都可以把反思提前几十年，做到这点，便有50%的可能让自己成为一名了不起的人。然而时光不可以倒流，所以伟人没有那么多。每天的反思也许没有临终时的那样深刻，但对于每个人来说，已经足以让自己少犯很多错误了。

现实生活中，我们不一定知道正确的道路是什么，但经常反省、总结，却可以使我们不会在错误的道路上走得太远。一个不善于反思的人，将永远被锁在自己亲手建造的牢狱中。

苏格拉底曾经说过，未经审查的生活是不值得过的。日常生活中，很多人振振有词地向他人宣示，他们早已认真、反复地审查并量身定做了适合自己的生活，可是需要提醒他们的是，审查生活的方式并非地位的高低、收入的多寡、住宅的大小、服饰的贵贱、生命的长短、爱人的美丑、孩子的聪愚，而是这种看似合适的生活是否为自己真正想要的生活，是否精准而忠实地契合于自己的天性，是否为自己带来了莫大的有意义的快乐。

朋友，请仔细思考一番，再作出慎重而诚实的回答。

反思是认真的服装。负重前行的路上，不应一味地兀自低头走路，还要时常回过头来，站在一个更高的台阶上，盘点、梳理一下身后走过的路。这时，那些双脚丈量过的道路，那些一去不返的日子，方可显得更加清晰，并提醒我们走好前面的路。

优秀与成功的不等式

日常工作中，人们经常使用"成功"一词，"祝您成功"、"取得成功"、"成功的人"等话语经常在唇间传递。成功固然重要，但我认为"优秀"更加重要：一个优秀的人，必定是成功的人；而一个成功的人，并不一定就是优秀的人。

优秀 ≠ 成功。

在《现代汉语词典》中，优秀（excellence）是指（品行、学问、成绩等）非常好（形容词）。成功（success）是指获得预期的结果（动词），事情的结果令人满意（形容词）。

可见，如果一个人的品行、学问、成绩等"非常好"，那么他就是一个优秀的人；如果一个人所做事情的结果"令人满意"，那么他就是一个成功的人；如果一个人的品行、学问、成绩等"非常好"，足以达到"令人满意"的程度，那么他就是既优秀又成功的人。

平日里，很多人没有认清成功与优秀的关系，甚至将二者混为一谈。其实，一个人是否自我实现以及自我实现的程度，才是区分成功与优秀的真正有效的标准。充分实现的自我，必然是足够优秀的自我；自我实现的人，必然是优秀的人。而一个成功的人，尽管可能是坐在前排位置、主席台上、聚光灯下的人，也可能事后被验定为罪人、硕鼠。

我们追求的，应该是以自我实现的程度为检验标尺的优秀，而非以他人的认定为检验标尺的成功。也可以这么说，成功是他人认定的，是对他人的交代，你再优秀，如果还没有达到他人认可的程度，也不会被他人称为成功；优秀是自己认定的，是对自己的交代，尽管某个结果被很多人认定为成功，但若还没有达到让自己满意的程度，那也不会被自己称为优秀。真正的优秀，不是一两个孤零零的、不具代表性的"意外"行为的优秀，而是一种"固着性"的、"制度性"的习惯的优秀。只有习惯优秀了，才能产生众多同质性、同向性、可并性的优秀行为；否则，再优秀的单个行为，也许都只是碰巧的、意料之外的无心之作。

可见，成功是外界认定、瞬息万变、昙花一现的"众口铄金"，而优秀是自我认定、深沉稳定、恒久坚持的自在积累。一个成功的人，并不一定是优秀的人；而一个优秀的人，必定是一个成功的人。

优秀＞成功。

我们知道，成功是指获得预期的结果，事情的结果令人满意。可是请注意，"令人满意"中的"人"，究竟是什么"人"？是他人，还是自己？当然，一般情况下指的是他人，因为人是社会中的人。但是不能排除这两种情况：一是"令人满意"的结果，并不一定会令行为人自己满意；二是当时"令人满意"的结果，事后可能又被证明为大逆不道，甚至行为人沦为阶下囚。尽管"非常好"也并不一定"令人满意"，但只要这种"好"符合自己的天性，也就问心无愧了；尽管"令人满意"的结果标示着成功，但更重要的是让自己的天性满意。从这个意义上说，从天性的角度来说，优秀是比成功更为重要的价值追求。

优秀源自习惯

习惯就是由于我们经常这样做而变得不知不觉的东西。正是这种因为熟悉而自然流露的大量的、经常性的、不经意间的习惯，造成了人们之间的巨大差别。习惯的力量是强大的；习惯成就了人们，也耽误了人们；习惯构成了性格。

人生无法留白，你只能——也必须——做点什么。你选择什么都不做，这也是一种选择；放弃也是一种选择。人生就像一串长短不一的念珠，每颗珠子就是一次选择，而串起珠子的那根线就是性格。尽管每次选择的情势背景、重大程度、动机冲突不同，但从大的纵深角度来看，总是可以找到性格参与其中的影子。也就是说，这些珠子总是在线条的周围，不会偏离性格这条主线太远。

优秀源自认真负责的习惯。

尽管社会分工千差万别，人与人也互不相同，但只要我们做自己该做的事，做好自己该做的事，本身就是一种成功。工作，不管我们喜不喜欢，都是必须面对的，都要尽心尽力去做好，而没有理由草草应付。所谓的成功，就是从那份对职业的忠实与认真中一点一滴地演绎出来的。

责任心是敬业精神的集中体现，无论是谁，一旦受到责任感的驱使，就会给自己立下一份契约。对于我们来说，无论是打扫卫生、端茶倒水、整理资料这样的"小事"，还是实现幸福、追求卓越、奉献社会这样的"大事"，每一件值得去做的事情，都值得我们把它做好。作为和平环境中的一个平凡的人，我们也许没有太多的机会去从事一些轰轰烈烈的伟大的事情，但是无论如何，无论身处何时、何地、何境，我们都还是可以心怀伟大的爱，去做好一些小事情，一些对自己、对他人、对单位、对社会负责的小事情。

2011年6月的一天，我听了一节优质课，一节被雨水和汗水浸透了的优质课。当我们登车赶往某部靶场，祁教员早已准备就绪。就座后，77式手枪指向射击（实弹）教学开始。在教员清脆、匀速的枪声中，一个个啤酒罐应声落地，以此作为教学的导入和示范；在五米连贯射击的演示中结束教学，以此作为结尾和激励。首长要求带靶纸前来现场查验，祁教员的表现堪称完美，枪枪洞穿靶心。领导和其他听课人员露出了会心的笑容，可我注意到，在这看似体能消耗并不大的40分钟后，祁教员的脸上布满汗水。我们登车离场后，他们又要组织撤场，还有很多工作在等着他。

返回学院的路上，我看着窗外的花花世界，陷入了沉思。从我眼前渐次闪过的一幢幢高楼大厦、一辆辆高级轿车、一件件时尚服装，与刚才目睹的满身的汗水、严整的军姿、高昂的士气之间形成了如此鲜明的对比和巨大的反差。这在影视中只需轻松切换镜头的简单手法，在电视机前只需随意按动遥控器的举手之劳，却在今天下午永远定格在了我的脑海深处。

是啊，隔行如隔山，各行各业的人们都在努力而辛苦地做着自己分内的事情。可是毋庸置疑的是，高楼大厦、高级轿车、时尚服装这些物质，却是用最可爱的人的血汗换来的。作为最可爱的人中的一员，这是我的糊涂与清醒，也是我的谦虚与骄傲。

优秀源自全神贯注的习惯。

优秀不是天上无端掉下来的馅饼，而是来自于一如既往的全神贯注。读研究生时，宿舍里时常到访一些闲说是非并乐此不疲、无处落脚而暂歇我处、谈天说地而谈谈的内容毫无价值的"不速之客"。他们经常将我推入两难的境地：必要的礼节性的寒暄，无疑会浪费宝贵的时间；毫不理会他的到访，又显得不近人情。我找到了一个两全其美的方法：在预计到"不速之客"到来之前，戴上耳机，聆听舒缓的音乐，一来可以怡情放松，二来可以为自己的失礼找到善意的借口。人生苦短，我们没有那么多时间用于那些言不由衷的废话和庸碌无为的活动。

实际生活中，很多人考虑的不是全神贯注地工作，而是急切向他人（尤

祁小俊在授课中

（2011 年 6 月 29 日陈小敏拍摄于某部靶场）

其是上司）表明自己所做的一切，似乎他人没有看到就等于没有做一样。难道真的没有谁看到吗？难道我们那么需要他人看到吗？

我们做事，应该是为了自己的良知，而不是什么外在的评论。实际生活中，很多人觉得自己怀才不遇，并愤世嫉俗地评论着自己遭遇的不公。如果一个人总有怀才不遇之感，那也许只有两种可能：要么他怀的"才"还不够多，不足以让人"遇"上；要么他怀的根本就不是"才"，而是另外一种东西。

上天自有高见，明察秋毫，时刻注视着我们的一举一动，不放过任何蛛丝马迹，任何善举她都会心中有数，任何恶行都难逃她的法眼。"上帝听着呢，小心你内心的自言自语。"这句话说的就是这个道理。我们所做的一切，都应该秉承、遵从自己的良知和真我的呼唤，而不是他人或真或假的喝彩。也就是说，只要我们做了良知要求我们去做的事情，即使没有一个人看见，也没有一个人喝彩，我们也不仅毫无那种"邀功未果"的吃亏的感觉，反而会收获和享受"为所当为"时的那份踏实与快乐。

全神贯注是一种工作习惯，也是优秀的题中应有之义。正是凭借这种长期的忘我而痴迷的精神，牛顿才能从掉落在地上的苹果中发现万有引力定律，阿基米得才能从溢出浴缸的水流中发现浮力定律。没有长期以来全神贯注、忘我投入的学习习惯、思考习惯和工作习惯，就难以产生思维的火花和一流的业绩，就像对于一个终日好吃懒做、无所事事的农夫来说，期待丰收只会是一种渺茫的奢望。

优秀源自恒久坚持的习惯。

这是一个美国人的真实经历。他的父亲是印第安纳州的农民，父亲去世时他才5岁。他14岁时从格林伍德学校辍学，开始了流浪生涯。他在农场干过活，但很不开心。他当过电车售票员，16岁时谎报年龄参了军，而军旅生涯也不顺心。一年后服役期满，去了阿拉巴马州，开了个铁匠铺，不久倒闭。随后，他在南方铁路公司当上了机车司炉工，他很喜欢这份工作，以为终于找到了自己的位置。18岁时他娶了媳妇，几个月后，在得知太太怀孕的同一天，他被铁路公司解雇了。

当他在外忙着找工作时，太太卖了他们所有的财产后逃回娘家。随后经济大萧条开始了，他卖过保险，卖过轮胎，经营过一条渡船，开过一家加油站，但都失败了。认命吧，于是他打算绑架自己的女儿，然而还是未能成功。

后来，他成为一家餐馆的主厨和洗瓶师，要不是有条新的公路刚好穿过那家餐馆，他会干得很好。接着，就到了退休的年龄。

眼看一辈子都快过去了，而他仍一无所有，直到有一天邮递员送来社会保险支票，他才真正意识到自己老了。政府很同情他，说，轮到你击球时，你都没打中，不用打了，该是退休的时候了。于是，寄给他一张退休金支票。他气坏了，收下那张105美元的支票，并用它开创了新的事业。

今天，他的事业欣欣向荣，而他，也终于在88岁高龄时大获成功。

他就是哈伦德·山德士，他用第一笔社会保险金创办的崭新事业，就是肯德基家乡鸡。

接下来的故事，想必你已经知道。

没想到吧？肯德基门口站着的那个可爱"老头"，还会有这样一串辛酸的故事。朋友们，当你在肯德基快餐连锁店里吃着美味的鸡翅和薯条时，最好也从老头这里汲取点精神营养。

我很赞同已故的美国卡内基·梅隆大学兰迪·波许教授说过的一句话：重点不在于怎么实现你的梦想，而在于怎么度过你的人生；假如你以正确的方式度过人生，梦想就会自己实现。

优秀源自珍惜岗位的习惯。

才思再敏捷的作家，也得需要一支笔；速度再快的运动员，也得需要一个跑道；再矫健的苍鹰，也得需要蓝天。岗位，是一个人发挥才智、服务社会的最基本的平台；没有了岗位，再好的想法和雄心都难以成为现实。

2011 年 9 月 10 日是我国第 27 个教师节。上班不久，在学院首长的带领下，全体常委前往教研大楼，看望坚守岗位的全体教员。首长逐一登门拜访，在一阵阵热烈的掌声中，我听出了上下级之间融洽的感情氛围；在一个个灿烂的笑容里，我看出了同志们之间亲密无间的精诚团结；在一封封热情洋溢的贺卡（由学院首长亲自签名）中，我感受到了尊师重教的良好传统。

形式，之所以经常被大家视为"形式"，称作形式主义，是因为它缺乏真诚，是因为它成为了做作、作秀、摆弄、表演的载体。教师节作为一个光荣节日，一个心理刻度，一个感情标志，必要的形式是应该的，只要它是真诚的。这张贺卡，我将一直保存下去，因为那不仅仅是一张卡片，也是一抹记忆，一段真情，一种传统，一项荣誉，一种责任。

一年一度的教师节，也是一种职责的提醒，一种使命的鞭策，一种自我的反思，它应该成为我们对照岗位职责反思和提高自己的契机，而这提醒、鞭策、反思和提高，在很多时候被很多人于喧闹的觥筹交错和刻意的推杯换盏中一致地忽略了。

教师是播种思想的人，要根据不同的土壤选择优良而适宜的种子，要按照季节和时令进行，要勤于在田间劳作，要不厌其烦地灌溉、施肥、除草。唯此，种子才能发芽、开花、结果，最终又以种子的形式回归、回馈大自然。

这张节日贺卡，我将一直精心保存下去，因为这是我迄今为止收到的最为珍贵的贺卡。

优秀源自终身学习的习惯。

美国前总统克林顿曾说：在 19 世纪，获得一小块土地，就是起家的本钱；而在 21 世纪，人们最指望得到的赠品，再也不是土地，而是联邦政府的奖学金。因为他们知道，掌握知识，就是掌握了一把开启未来大门的钥匙。养成终身学习的良好习惯，永远也不会过时。

印度有句谚语："无知和瞎子一样。"取得卓越的业绩，成为优秀的人，不是瞬间的灵机一动，也不是仅凭一腔热血就可达到的，而是建立在广博的相关知识和长期的理性思考基础之上的。渊博的知识不是凭空产生的，而是从日积月累的学习中得来的。怎么积累呢？没有其他办法，也没有什么捷径，只有依靠学习，而且是终身的学习。

对于每个人来说，学习不应成为一件穿过几年就得扔掉的衣服，更不应成为新娘新郎拍摄婚纱照时的行头，而应当成为我们随时"穿"在身上的皮肤。学习不是为了哗众取宠，更不是通过豪华书架上琳琅满目的书籍来装饰门面，而是为了充实自我，更好地实现自己的天性。

终身学习的内容，不应囿于自身专业所涉及的领域，而应讲求"博""专"结合。我始终认为，宇宙的最高法则，位居于所有学科的塔尖，是最具根源性的"一"，它从根本上规定了各个学科的基本走向。各门学科的研究对象、研究内容和研究方法，都只是在最高法则所划定的狭小范围内"伸缩自如"，都逃不出那个法则的"手心"。而各门交叉学科，也只不过是不同狭小空间之间面积不等的交集而已。各门学科，都只是从自己的站位和角度对最高法则进行的不同解读而已。

在我们所能观察到的形形色色的表象之下，存在着统一的、初始的本质。就像各种千姿百态、奇形怪状的树木从属于不同的科类，但它们都只不过是"植物"之下的具体形态罢了，它们越是多种多样，"植物"的内涵也就越为丰富。

我不愿成为那样的人

　　无论是在工厂、商场、学校，还是在企业、研究所，只要我们稍加留意，不难发现这样一种现象：本该以本职工作作为立身之本、立足所依的人，却常常以自以为是、趾高气扬的姿态各自忙碌着与本职工作关系不大的事情。他们在忙些什么呢？你看看他们一天中的绝大部分时间在做些什么就知道了。

　　不过，我不愿意成为那样的人。我不愿在海阔天空、漫无边际、慷慨陈词的激情闲聊中虚度时日，我不愿在一味地哀叹时运不济、生不逢时、知音难觅中大发牢骚，我不愿坐在不断升级换代的公家电脑前大玩游戏而非制作益智的游戏软件以供他人赏玩，我不愿大扯不断更新的隐私类八卦并将其作为今日和来日的谈资，我不愿看着低俗且没有多少营养的快餐类读物并以之为主食且不断更换着口味，我不愿在自惭形秽的同时却因懒惰而又依然我行我素地不思进取，我不愿在追求更加新潮的装饰而忽略内在品质的自我优化中被自身虚假和短暂的美丽所耽搁，我不愿撇开无辜的自我而奋不顾身、争先恐后地盲目攀比并生怕自己多做了一份或少得了一份，我不愿在碰得头破血流的职场反复迂回穿插以捞取自己的立身之地并极力扩大这种领地。

　　我不愿成为那样的一些人，他们确实来到了这个世界，却像从未来过一样。他们昏昏沉沉地入睡，起床后又是浑浑噩噩地生活，至于自己要去哪里、该去哪里、能去哪里这些问题，他们从未仔细考虑过，似乎也毫不关心，好像那与自己并没有什么关系；即使他们考虑了，也是偶尔地迫不得已而为之，并在懈怠之心的驱使下浅尝辄止；之后，再夜以继日地重复那种昏昏沉沉、浑浑噩噩的生活，直到垂暮之年。

　　他们也振振有词、口口声声地说自己度过了宝贵的一生，岂知那何尝是度过，何尝是生活？那只是浪费了一生，那只是皮囊般苟延残喘的生存，他们只是在世间空走了一遭罢了。尽管他们偶尔也为这个世界创造了一些所谓的财富，但那大多是不经意间创造的，并非他们自觉的行为所致，而且这些东西大多是经不起认真推敲和检验的赝品或次品。

他们沉湎于喧嚣的热闹，哪里有热闹，哪里就有他们的身影，就像一群勤劳的苍蝇，执著地追求着腐烂变质的食物。在集体的狂欢之后，又顿时陷入集体的孤独。

他们钟情于围坐在台前看戏。戏曲落幕，戏台散场，他们怀着满足的心情纷纷离开，并发表着不尽相同的评论。殊不知，每个人都是自己人生舞台上的主角，旁人无法代为演出。

他们热衷于说长道短。周围任何一个人不慎外泄的私密，总是逃不过他们的眼睛、耳朵和嘴巴。似乎他们的眼睛不是为了认路，而是为了"看事儿"，为了发现花边新闻；他们的耳朵不是为了声源，而是为了"听事儿"，为了探听个人隐私；他们的嘴巴似乎不是为了吃饭，而是为了"说事儿"，为了传送家长里短。

我时刻在提醒着自己，不要成为那样的人。

我不愿在庸碌无聊中浪费仅有一次、无法暂停与后退、他人无法代为度过的宝贵生命，以自己默许的众多方式欣然自杀，坦然赴死……

也许，浮生众相背后的痛苦与悔恨，只有在人们临终前的最后一刻，才能真切地被他们感受到吧。不过到那时，一切已成定局，顾不上转身，一切都已太晚，来不及忏悔。

上班的小路，带我走入忙碌的殿堂

（2011 年 11 月 2 日作者拍摄于上班途中）

我的读书三部曲：读、思、录

第一是"读"。读什么呢？我认为至少要读以下三类书籍：

一是经典著作。经典之所以成为经典，就在于它历经很多代人的取舍检验、经由漫长的时光隧道而风采依旧。它能留存并延续下来，经历了那么长时间的考验，必定是关于人类、人性基本问题的根源性追问，而这些是很难过时的。因为前人已经对这些根源性的基本问题进行了深入的思考，我们读书时，就好像沿着他们走过的路再走一遍。在发现和欣赏前人已经看到的风景的同时，看看还有没有新的、为前人所忽视的景致。或者，看看还有没有到达那个景致的更为快捷的道路，自己能否开辟一条新的路径，甚至发现一个新的景致。而目前市场上的畅销书中，不乏低劣之作，很多书功利性过强，而且只是对于经典著作的片面性——甚至是歪曲性——的注解而已。

二是有深度的书。要注重摄取为自己成长所需的"长足的"营养，而非仅为调味之用的泡菜（如不少街头小报上的"奇闻逸事"等快餐式、充饥式的垃圾信息）。"长足的"营养可能是五谷杂粮，是"黑五类"，但那是主食，为人体提供着最基本的能量；泡菜尽管口味不错，但永远不能、也不应成为主食。

三是相邻或感兴趣的专业书籍。读这类书籍主要是用以提升自身的业务技能，但是要注意"博""专"结合，并把握好两者的比例。没有"专"的"博"，很可能导致样样稀松，就像一座没有主心骨的建筑、一个缺乏主题的杂货铺、一张没有灵魂的图画；而缺乏"博"的"专"，未免单薄，不够丰满，也很可能因此而走入狭隘的胡同，就像一个闯入迷宫的人，绕不出来。而具有丰厚知识背景的人，则可以站在更高的台阶上俯视这个迷宫，更容易发现可行的道路。

怎么读呢？我认为要注意以下三个问题：

一是要详略有别。即处理好精读与泛读的关系，避免平均用力。需要读的书籍中，也有优先顺序、紧迫程度之分，要根据自身当前一个时期的工作需要、心境状态、关注主题等适当选择，制作一个相对明确的"菜单式书目"。

二是要提炼扩充。由厚到薄，抽丝以把握精义；再由薄到厚，把此精义放至更为深广的专业背景（而不限于在读书目）中去考察，以新的、不同的视角观照它，赋予它全方位的、全景式的解读。

三是要做好摘记。好记性不如烂笔头，灵感稍纵即逝。不能仅限于读，还要做摘记、写随想。这样，就等于把自己的读书体会再次审视了一遍，重温、复述、转述了读书的体会，更好地消化从书中获得的重要启发，并使它成为自己内在的一部分。

第二是"思"。"思"是"读"的成果。思什么呢？

一是要思考共鸣点。如果书中的哪些部分引发了你的共鸣和同感，在这里应多停留一会儿，仔细揣摩作者的意图，认真领会作者的思想。在揣摩和领会的同时，还要思考这样的问题：假如让你来表达同样的意思，你会怎样表达？怎样表达会更好一些？带着这些问题思考，就会把读到的东西真正内化为自己的东西。

二是要思考分歧点。康德曾风趣地说，经验丰富的人，读书时用两只眼睛：一只眼睛看到纸面上的话，另一只眼睛看到纸背面的话。他所说的"纸背面的话"，就是取舍性、批判性的思维。当读到书中那些你不赞同的部分时，也应多停下来思考，看看作者所说的内容中，哪些是有道理的，是普遍适用的；哪些是值得商榷的，是适用于特定情况的；哪些是错误的，是不能说明问题的。以挑剔的态度读书、思考，才能在比较、取舍中提高认识层次。

怎么思呢？要把握好以下两点：

一是找反例。在作者所提的观点中，看看能否在现实生活中找出反例，找出与现实相矛盾的地方，也就是说，在批判性的取舍中辨识真伪，从而得出更加普遍适用的规律和道理。尽管不读书则无以长见识，但尽信书则不如无书。

二是找出作者自身的矛盾之处。在把握书籍基本主题的前提下，条分缕析地斟酌其核心要点，并试图寻找其中自相矛盾的破绽。当我们认为已经找出破绽的时候，先不要急于定下结论，而要仔细揣摩作者的写作背景，领会作者真正的用意，放在作者限定的背景中去理解他的意思。当我们确信找出了破绽时，可以和作者商榷，也可以作为自己的延伸性借鉴。

第三是"录"。所谓"录"，就是及时地、忠实地转录自己的所思、所感、所得。"录"是"思"的成果。录什么呢？

一是集中体现该书核心内容的思想闪光点，即该书内容中的"招牌菜"。一道菜之所以能够成为招牌菜，必定有它的独到之处，而且是在其他地方不容易吃到的。而在一本书中，这类内容就是一本书的精华和结论。转录书籍中的所读、所思，也就真正"拥有"了这本书。

二是自身的困惑之处。当读到百思不得其解之处，而这里又是自己非常感兴趣的内容时，可以如实地摘录下来，也可以复述式地转录下来。如果是如实摘录，在摘录之后，还应该写出自己的感想，与摘录内容打包、捆绑在一起，以便之后继续思考。

三是头脑中闪现的灵感。当读到非常解渴的地方，我们的头脑中往往会闪现出奇妙的同感，似乎这就是自己一直在思考但却没能准确表达出来的东西，似乎这段话正是自己冥思苦想的内容，是上天特意送到我们面前的礼物。每当出现这种情况，千万不要错过这种转瞬即逝的"高峰体验"，要善于捕捉并尽量延展这种状态，对其穷追猛打、继续深挖，将这种一闪即过的灵感火花进一步放大，即使再前进一小步，也可能抵达一个别人都未能发现的景致。这种只可意会而不可言传的感觉，恰如知遇到久久寻觅的心灵密友，恨不得与其秉烛夜谈、促膝长谈、一醉方休，这正是读书的至高境界。

怎么录呢？根据我的体会，主要有以下三种方式：

一是利用纸质卡片。摘录（选摘和转录）所用的卡片不可太薄，应有足够的厚度，否则容易磨损；不可太小，否则难以覆盖摘录的要点和内容，不能保持其完整性。摘录时，应善于提炼鲜明的观点，用以统摄摘记的某个方面的全部内容，以便分类，作为之后的目录和索引；也要注明资料的出处、摘录日期等，以便后期查找。

二是制作剪报本。准备专门的本子（最好是活页本），将读到的感兴趣的小资料裁剪下来，分门别类地贴于其上（如果剪报面积过大，可对折后粘贴下面的一半）。裁剪时要注意，若剪报本页面面积允许，应将小资料的题目、作者姓名、报刊名称、刊号、日期、页码（或版次）等一并裁剪，保持资料各个要素的完整。如果剪报本纸张面积不够，可只裁剪正文部分，将其余所有要素手书于粘贴的页面。尤其要注意，务必标明详细出处，不能"一剪没"，只管裁剪而忘记注明资料所在报刊的期号、日期和作者；否则，等到要用该资料时，再查找其详细出处，就会如大海捞针般困难。

三是录为电子文档。可将自己的摘录资料输入电脑，制作为电子文档。要注意以下四个问题：第一，各个资料宜单列，不宜在同个文档内放入"异质"的内容；第二，宜设置鲜明、简洁的文件名，便于归类、后期查找和检索；第三，文档中宜标明资料的详细来源和出处，对于自己的读后感，亦应注明，与摘录的内容区别开来；第四，最重要的电子文档，可选择打印，以便实时阅读。

四、自信：勇敢迈过途中的沼泽

　　俗话说：家家有本难念的经，人人都有难唱的曲。这"难念的经"、"难唱的曲"，大都是指困难和挫折。困难和挫折好比前行途中的沼泽，不以我们的意志为转移，我们无法完全避免，只能正确看待、坦然接受。克服困难、战胜挫折的过程，也是我们实实在在的成长过程。

　　一个人从出生到死亡，时时刻刻生活在矛盾之中，不可能处处称心、事事如意，遇到挫折是在所难免的。遭遇挫折时，是积极应对挑战、努力战胜挫折，还是一蹶不振、悲观失望，是检验强者还是懦夫的试金石，也是决定其人生是辉煌还是平庸的重要因素。

苦难是上天馈赠的特殊礼物

苦难，是人生的一笔财富，它以最残酷——同时也是最快捷——的方式，提醒着我们以更科学、更自然的方式来做人、做事、做自己，从而促进我们的成长。正如美国作家爱默生所说，逆境有一种科学价值，一个好的学者是不会放过这一大好学习机会的。

对于浮躁、浅薄而功利的人，苦难带给他的往往只是挫败之后的沮丧和悔恨；而自知、豁达且高贵的人，却往往能够从苦难中品尝出另一番滋味，那就是跌倒之后的自省与反思、痛楚之后的淡定与平静。

平静，只有在万籁俱寂、心无旁骛的平静中，我们才有可能过滤掉事物的细枝末节，筛选出它们的核心要点，更为清晰地显现其本来的面目、轮廓和比例，赋予它们更为明朗的意义。当然，着眼于更大的背景、更高的台阶和更深的思考，我们会根据自身不断更新的内在观念，赋予同一事物、经历以不同的意义。从这个意义上说，人生的历程，就是我们为外界事物不断赋意的过程。世界上没有终极而绝对的标准意义，有的只是人们对事物各自解读的不同版本而已，可以说是千人千面、千人千意、千人千版。

有这样一个故事，一个乞丐和一个富翁同时走进一片森林，都迷了路。几天之后，富商饿死了，乞丐却依然活着。有人问乞丐其中的奥妙，他说："我已经习惯了饿肚子，拿草根也能充饥；可那富商平日大鱼大肉，哪能受得了这番苦，所以比我早死。"实践证明，假如一个人总是生活得一帆风顺，那么一旦遇到挫折或逆境，将显得比别人更加束手无策。

无数事实证明，困苦并不是坏事，它能造就人，也能考验人。有一个故事，讲的是上帝有一天心血来潮，来到他所创造的土地上散步，看到饱满的麦穗，非常高兴。一个农夫见上帝来了，忙上前问候，说："上帝啊，这五十年我一直在祈祷，祈求风调雨顺，不要有大风、不要干旱、不要有虫害、不要有冰雹，可我怎么祈祷，总是不能如愿！"上帝回答："我创造世界，也创造了风雨，创造了干旱，创造了蝗虫与鸟雀，我创造的是不能如人愿的世界。"农夫跪下来，吻着上帝的脚说："全能的主啊！能不能答应我一个请求，明年在我的地里不要有灾害。"上帝答应了他的请求。

第二年，果然如农夫所愿，麦穗比平常多了一倍，农夫非常高兴。但到收成的时刻，农夫发现，麦穗里竟然没有结出一粒麦子。农夫忙找到上帝，问是不是哪里出了问题，上帝说："哪里也没有出问题，一旦避开所有的考验，麦子就变得无能为力。对于一粒麦子，努力奋斗是不可避免的，风雨是必要的，烈日是必要的，它们可以唤醒麦子内在的灵魂；人的灵魂也和麦子的灵魂相同，如果没有任何考验，人也只是一个空壳罢了。"

其实，成功与失败、挫折总是如影随形，成功往往建立在失败、挫折的基础之上。正如梁启超所说："那些旁观的人，白白地羡慕人家事业的成功，认为那些成功者大概是幸运的人，是上天有意宠爱他们。因为我遭遇不顺利，所以成就不如他们。怎么知道所谓的不顺利还是顺利，那些成功者和我们都是一样，能不能克服所遇到的困难，利用那些顺利条件，就是人家之所以成功，我之所以失败的分界线。"

我并不担心苦难，因为该来的终究会来，你无处可逃，只能直面；我只担心由于自己的健忘、脆弱、贪婪和懈怠，而让苦难中富含的营养白白流失，无法消化和吸收，内化为我心智的一部分。苦难因此而成为一块试金石，用以检测人们的高贵与庸俗；也因此而成为一面镜子，用以照出人们的坚强与懦弱。

力量的大小来自阻力的大小

卢卡努斯说，如果狂风没有森林阻挡，必定在空中消失它的威力。事实上，阻挡狂风的森林，是检验狂风威力的可靠效标；本来作为阻挡之用的森林，却成为战胜狂风的实在理由。

现实生活中，人们与其所遇困难的关系，也有着类似上述的道理。一帆风顺的人，尽管衣食无忧，但也在客观上限制了自身潜力的发挥程度，就像从来都滴酒不沾的人，永远也不知道自身的酒量一样。困难是把双刃剑，它为我们带来痛苦和烦恼的同时，也会成为我们进步的阶梯和理由。

事实上，我们只能通过狂风所遇到的阻力来测定它的风力，只能通过一个人所克服的困难来衡量他的意志，只能通过一个人留给世人的遗产来评价他的价值。也可以这样说，正是通过努力战胜各种妨碍本真成长的阻力，事物方显现出自身固有的价值。

苦难的补偿

曾经读到一则材料，感受颇深。外科医生阿费烈德在解剖尸体时，发现了一个奇怪的现象：那些患病的器官，其实并不像人们想象得那样糟；相反，在与疾病的抗争中，为了抵御病变，它们往往要代偿性地比正常的器官机能更强。在多年的医学解剖实践中，他不断地发现包括心脏、肺等几乎所有人体器官都存在着类似的情况：当一种器官死亡后，另一种器官就会努力承担起全部的责任，从而使健全的器官变得更为强壮起来。

阿费烈德在给美术学院的学生治病时发现，这些搞艺术的学生有的甚至是色盲，而一些颇有成就的教授之所以走上艺术道路，正是受了生理缺陷的影响。缺陷不但没有阻止他们，反而促使他们走上了艺术道路。阿费烈德将这种现象称为"跨栏定律"，即一个人的成就大小，往往取决于他们遇到的困难的大小。

所有这一切，似乎都是上天安排好的，如果我们不缺少这些，我们也就无法得到它们。竖在我们面前的栏越高，我们也就跳得越高。生活中那些看似苦难的东西，终将会以财富的形式使你得到补偿。这种苦难越是深重，你得到的补偿也就越是丰厚。关键的问题是，你要足够坚强，能够坚守到迎接这种丰厚补偿的那一天。那看似苦难的缺陷，有时却会成为预示成功的先兆。

经历过苦难的人，对于幸福才有真切的感受，因为他有了对比。我并不是说你非得要去主动找寻困难，而只是说，如果苦难"不幸"来临，这露出海面的看似噩运的礁石，其实是上天提供给你的成长契机，得由你亲自驾船驶过，无人能够代替和包办，因为你只能在仅属于自己的独特航道上驾船前行。如果你顺利通过礁石海域，你就成长了一分，前进了一步；如果你不幸触礁或者翻船，那也没有太大关系，至少它提醒你这样走是不行的，你要改进驾驶技术。客观地说，尽管你在航道上没有前进一步，但至少成长了半步；而一旦你回避礁石，主动放弃，就完全错过了成长和进步的机会，它仍然会在今后的日子里变个装扮、换身衣服来到你的身边——你无处可躲。

所以，你可以事先预见性地避开礁石（然而不应偏离航道太远），但是在它来临且挡道时，你应该直面它，而不是选择逃避，掉头返航。

实际上，苦难就如芥菜，味道很苦，但富含营养；而不像咸菜，味道奇佳，却只配做佐料而不能成为主食。苦难是生活的馈赠，每一份苦难中，都富含着深藏于内的人生营养，就看我们愿不愿意细细品尝个中的滋味了。假如我们因为它的苦味而弃之一旁，那么它的营养也就可惜地被闲置了。正如爱默生所说，日子来了又去了，像是远方的好友派遣一些裹严衣服、戴着面纱的人前来，但他们什么也没有说，而如果我们没有利用他们带来的礼物的话，他们就同样沉默地把它们带走了。

其实，每个人一生中吃的苦是一个差别不大的定数，上天比较公平地为每个人定额配给了苦难的剂量，尽管有的苦现在还没有吃（因为时机未到、没有机会或主动躲避），但终究是要吃的。每个阶段都有特定的苦头等待着人们去"吃"，而在同一个阶段里，晚吃不如早吃。

每个人都有刻骨铭心的苦难，心中都有不愿被人触及的伤疤（任何人概莫能外），那是属于自己的、无法与人分享的私密。我们需要关注的是生活中美好的部分，而不是反复揭开那带血的、也许永远都无法愈合的痛处。揭开它，你会痛，有的人会因为你的痛而更痛。没有过不去的心坎，除非你自己不愿意；没人能伤害得了你，除非你自己愿意。

无奈而可为的人生

由于社会大环境（战争、瘟疫、大变革、动荡）和自身条件（能力不足、懒散懈怠）两方面因素的制约，个人实在犹如大海上随风浪摇摆的小船，只能作出有限的防卫和选择。社会大环境为我们设定了基本的背景，我们不可能生活在两千六百年前的春秋战国时代，也不可能生活在两千年后的那个时代。大环境已经无可变更、无可选择地摆放在我们的面前，我们只能去适应它，除非离开这个世界。从这点上来看，人生确实很无奈。

但是，身处同样的大环境、相似的小环境中的人们，为何命运却如此悬殊？固然有"小环境"中更小的环境的巨大差异的因素，然而不可否认个人因素在产生这种悬殊差异中的重要作用，甚至是决定作用。因为究竟如何适应这种"更小的环境"，完全是我们自己说了算的事情，决定权始终在我们的手里。任何人都无法替我们作出决定，任何人的建议都需要得到我们的首肯，我们是最终的定夺者。我们的决定是什么，就会有什么样的人生。从这点上看，人生又是可为的。

每个人，从生下来的那一刻起，都有着无限的可能。可是，大自然掌控着一切，调配着每个人的出身、环境、经历和机会，从而使得哪怕是同卵双胞胎般相似的人，都可能呈现出迥异的结局。对此，我们常用"命运"一词来解释。可是，人们似乎忘记了这样一个事实：那就是身处同样恶劣环境中的人，即使拥有极为相似的出身、经历和教育背景，却仍然收获了截然不同的人生。对此，我们似乎不能仅用遗传来解释，因为照此解释，同一位父亲所生的所有子女，应该拥有相同，至少是类似的命运。可结果并非如此，因为反例比比皆是。似乎只能得出这样的结论：大自然公平地兑现着每个人的努力，并把它精准地转化为相应的结局。你不能抱怨大自然的不公，只能从自己的实际所为中寻找答案。

其实，大自然中无奈而可为的物种俯拾即是。旅鼠是北极草原的老大，它们的生育速度实在太快，一胎最多可以生 20 只，20 天就可以成熟。一对旅鼠如果从春天开始致力于生育大计，到秋天就会制造出几十万个后代。每隔三到四年，旅鼠的数量就会大到把草原上可食之物全部吃光的程度，这时，它们就得考虑子孙后代的事了。如何消除过剩的数量呢？死亡！主动的死亡是最好的方式。

这时，旅鼠摇身一变，颜色从原来的灰黑色忽然变成鲜艳的橘红色，暴露出自己的所在，引来天敌为自己举行腹葬，但是狐狸们和猫头鹰们怎么努力也吃不光所有的旅鼠。

于是旅鼠们集合起来，几十万只、几百万只，成群结队地开始了一生中最悲壮的旅行。它们铺天盖地地向大海奔去，前面的旅鼠逢水架桥——以肉体填平小河、池塘，后面的旅鼠踏过同类的尸体继续前进。大军所到之地，植物统统被吃得精光，草地变成荒原。它们的死亡队伍来到海边之后，几百万只旅鼠抱在一起，像座小山似的在水里翻滚……

旅鼠名字的由来，就是因为这种死亡之旅。美国的皮特克用营养恢复学说来解释旅鼠的自杀：当鼠类数量达到高峰时，植被因遭到过度啃食而被破坏，食物不足、隐蔽条件恶化，于是它们只好留下少数成员繁衍后代，其余的通通主动死去。等到植被恢复时，它们的数量再节节攀升。[①]

面对无奈而可为的人生，只有增加"可为"的比例，才不至于悔恨莫及，才不至于仅有无奈之叹。

---

① 《青年参考》2004 年 6 月 16 日。

自信的海因斯

　　每当工作遇到挫折时，我们常常会听到这样的话："我能行吗？"这显然是不自信的表现。从心理学的角度来说，这是一种消极的自我暗示，悄悄提醒自己无法胜任，这种暗示无疑是我们前行途中的巨大障碍。每个人都应该印制自己特有的自信"名片"，在"我能行"中开创自信的人生。

　　1968年10月14日，在墨西哥奥运会的百米赛道上，美国选手吉姆·海因斯①撞线后，转过身子看着运动场上的记分牌。当指示灯打出9.95秒的字样后，海因斯摊开双手，自言自语地说了一句话。由于当时他身边没有话筒，谁都不知道他到底说了什么。这一新闻点，竟被到会的431名记者漏掉了。

　　1984年洛杉矶奥运会前夕，记者戴维·帕尔在办公室回放奥运会资料时发现了这一情况，决定采访海因斯，问他当时到底自言自语地说了句什么话。提起16年前的事时，海因斯一头雾水，他甚至否认自己当时说过什么话。可当他看到录像带时，他笑了，说，难道你没听见吗？我说，上帝啊，那扇门原来是虚掩着的。

　　美国天才运动员欧文斯1936年5月25日在柏林奥运会上创下的10.3秒的纪录保持了近30年，以詹姆斯·格拉森医生为代表的医学界断言，人类的肌体纤维所能承载的运动极限不会超过每秒10米。海因斯只想跑出10.01秒

---

① 吉姆·海因斯（Jim Haynes, 1946—），1946年9月10日生，美国运动员。1968年10月14日，他在第19届墨西哥奥运会的男子田径赛100米决赛中跑出了9秒95的成绩，成为首位跑进10秒大关的人。那天，海因斯和其他7名决赛选手一起站在男子100米的起跑线前，这是奥运会历史上首次出现决赛选手都是黑人的场面。直到1983年，这一纪录才被美国另一名运动员卡尔文·史密斯以9秒93刷新。

的成绩，他每天以最快的速度奔跑50公里，因为百米冠军不是在百米赛道上练出来的。当他在墨西哥奥运会上看到9.95秒的纪录之后，他惊呆了，原来10秒这个门不是紧锁着的，它虚掩着，就像终点那条横着的绳子一样。

朋友们，在这个世界上，只要你真正努力地付出，就会发现，很多门都是虚掩着的。在学习上付出勤奋，你会发现知识的大门是虚掩着的；在练习上付出汗水，你会发现技能的大门是虚掩着的；在工作上付出认真，你会发现成功的大门是虚掩着的；在交往中付出真诚，你会发现友谊的大门是虚掩着的……在这个世界上，除了牢门是紧锁的，其他的门都在虚掩着，当然包括成功之门。

在我们的身边，畏缩、不安甚至对自我能力怀疑的人几乎随处可见。他们不相信自己可以拥有心中想要的东西，认为那是一种妄想，于是往往退而求其次，只要拥有些许的成就便觉心满意足。美国心理学家马斯洛曾经说过："实际上我们绝大多数人，也都一定有可能比现实中的自己更伟大些，只是我们缺乏一种不懈努力的自信。"实际生活中，许多人到头来一事无成，就是因为他们低估了自己的能力，妄自菲薄，以至于人为地缩小了自己的成就。如果你带上自信前行，将发现生命会发生奇迹，你也将会拥有自己更想要的人生。

附录：哈佛大学图书馆自习室墙壁上的训言

1. 此刻打盹，你将做梦；而此刻学习，你将圆梦。

2. 我荒废的今日，正是昨日殒身之人祈求的明日。

3. 觉得为时已晚的时候，恰恰是最早的时候。

4. 勿将今日之事拖到明日。

5. 学习时的苦痛是暂时的，未学到的痛苦是终生的。

6. 学习这件事，不是缺乏时间，而是缺乏努力。

7. 幸福或许不排名次，但成功必排名次。

8. 学习并不是人生的全部。但既然连人生的一部分——学习也无法征服，还能做什么呢?

9. 请享受无法回避的痛苦。

10. 只有比别人更早、更勤奋地努力，才能尝到成功的滋味。

11. 谁也不能随随便便成功，它来自彻底的自我管理和毅力。

12. 时间在流逝。

13. 现在流的口水，将成为明天的眼泪。

14. 狗一样地学，绅士一样地玩。

15. 今天不走，明天要跑。

16. 投资未来的人，是忠于现实的人。

17. 受教育程度代表收入。

18. 一天过完，不会再来。

19. 即使现在，对手也在不停地翻动书页。

20. 没有艰辛，便无所获。

第二部分

生活，一路上的好风景

风景，就是我们在生活中遇到的所有事件。并不是任何一个事件都会在我们的心中留下痕迹，哪些事件会让我们情有独钟、特别关注，取决于我们的心态、情绪和性格。只有培养积极的心态、乐观的情绪和健全的性格，才能在看似平淡无奇的道路两旁发现一路的好风景，带着一份轻松和感动继续前行。

一、易感的心，质感的人

"春夏秋冬，忙忙活活，急急匆匆，赶路搭车，一路上的好风景，没仔细琢磨，回到家里还照样推碾子拉磨。"电视剧《辘轳·女人和井》的主题曲《不能这样活》中这样唱道。它说明了这样一个道理：生活中随处都有美丽的风景，可是由于我们缺乏发现和欣赏风景的心情，即便那美丽的风景就在面前，我们也认不出来，它始终与我们擦肩而过。

法国启蒙思想家卢梭说过，生活得最有意义的人，并不就是年岁活得最大的人，而是对生活最有感受的人。我们不用抱怨前行的路上缺乏风景，而应自觉培养一颗易感之心，努力成为一个质感的人。

"幸福" 的面条

　　拥有一颗敏感的心，是一种投入的、乐观的生活态度，是一种在乎的、留意的心理状态，也是一种认真的、主动的探索精神。在一颗敏感的心面前，再平淡无奇的生活琐事也会变得熠熠生辉，从单调的生活背景中凸显出来。

　　2011 年 6 月 17 日是爱人 32 岁的生日，这本就是一个温馨的日子，但是温馨的事情不止这一件，"幸福" 的面条同样让人回味无穷，在解馋的同时，也给予了我丰富的精神营养。

　　中午，尽管出差单位的小饭堂准备了异常丰盛的午餐（原定上级首长到访该部，午餐已经备好，然而首长因其他公务未能前来，该部领导邀我们前去小饭堂就餐），但我们依旧欣然接受了该部王大队长的事先邀请，一行六人去品尝某连的手擀面。冒雨赶到连队后，我们在食堂里见到了白皙透亮、又宽又薄、切割均匀的手擀面条，以及早已拌好的酱料。因味道绝好，我连续吃了三碗。同行的戴大姐提议要见见这位面条厨师，这才得知厨师名叫刘幸福。"幸福"，很温馨的名字，我们刚才品尝到的，原来是 "幸福" 的面条。

　　据吴指导员介绍，幸福生于 1984 年 12 月，河南洛阳人，已婚。作为一个七个多月孩子的父亲，他远离家乡的亲人和妻儿，暂时收起浓烈的父爱，投入火热的警营，把青春年华奉献给了兄弟般的战友。

　　我借用唐博士的手机，想为幸福拍几张照片，大队长提议他穿上厨装。穿上衣的时候，他却由于紧张而将衣扣扣错了，在我们的提醒下，他才不好意思地纠正了过来。背景是连队的食堂墙壁，我特意将墙上的 "质量、人文" 两词纳入背景，蹲下来为他拍照。起初，幸福的表情尚有些不自然，脸绷得很紧，过于严肃。大伙儿让他笑一下，他这才露出了憨厚但仍旧不太自然的笑容（但我认为这才是幸福真正的自然）。我为他拍摄了三张照片，之后，在大伙儿的提议下，幸福又戴上帽子，拍摄了三张照片。

我们十二点半下楼，幸福一直送我们到一楼，尽管下楼时我一直示意他留步，回去早点休息，可他仍然坚持送我们下来，并始终在我们后面保持着五六米的距离。直到我们走到四十米开外的篮球场，我看到幸福还站在一楼的楼梯口，目送我们远去，仍然穿着白色的厨装。看着他的身影，想起在远方日夜思念他的父母和妻儿，我的心中百感交集，挥手让他回去休息，他这才上楼去了，消失在我的视野中。

憨厚而朴实无华的笑容，由于紧张而错位的衣扣，执意目送我们的身影，已为人父的人子，这就是今天中午"幸福"的面条中所蕴涵的各种朴实而美味的配料。任务完成之后，我将返回学院，继续走上我的三尺讲台，年复一年；幸福也将继续他的炊事工作，日复一日。可是，我会经常念起他的，还有他亲手为我们做的"幸福"的面条。

刘幸福在厨房操作间工作的瞬间

（2011 年 6 月 17 日作者拍摄于武警某部）

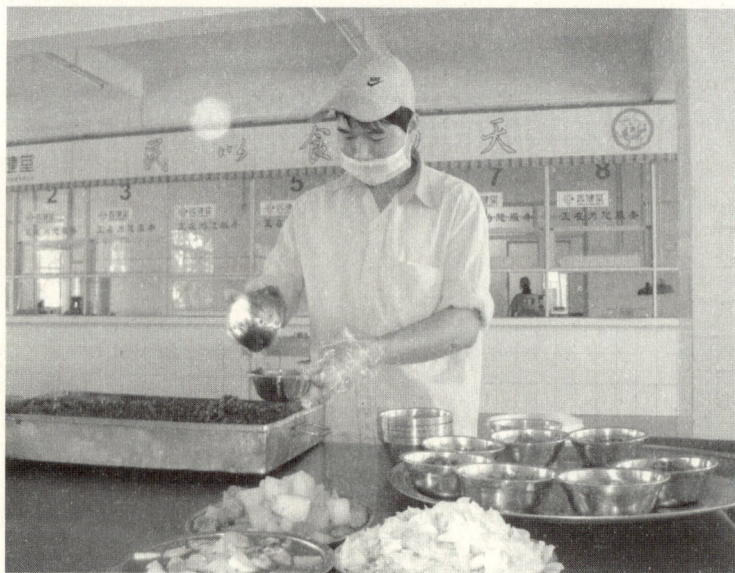

一边分餐一边收听欢快音乐的食堂职工李权帅

（2011 年 11 月 3 日作者拍摄于武警广州指挥学院）

勇敢的斗士

　　2011 年 11 月的一天下午，我在小区里看到了令人震撼和感动的一幕：一只娇小的黑色老鼠，毫不退缩地昂首勇斗一头高大的黑犬。当时的情形是这样的：我踩着自行车在路边缓慢前行，突然发现前方蹿出一只横穿马路的老鼠，它抬着头，脖子上全是血，在马路对面的一头黑犬前停下，并与之对峙起来。原来，它是追着黑犬来算账的。只见它始终高昂着头，并将身体直立起来。那只黑犬试图靠近它以便再次展开攻击，可是似乎被老鼠的举动吓住了（或许它以前从未经历过这样的场面），所以一直踌躇不前，刚开始是欲进又止，后来则是进一步、退两步了。对峙场面的周围，松散地围拢着三四个人，他们在一天的劳顿之后，享受着这场小动物之间的轻松游戏，在一旁有说有笑，相互指点着什么，并不时发出阵阵哄笑。

　　人们说起"狗拿耗子"这句话时，常常带着调侃、不屑的神情，可是，当这句话应验了并真切地发生在我的眼前时，我却无法以调侃、不屑的神情来面对它了，反而充满了敬畏之情。老鼠之所以如此勇敢，也许是为了保护自己的幼仔，也许是它当时已经神经错乱，但那不屈的抗争和奋力的一搏，已足够让我震撼至极了。我早已料到，那只无异于以卵击石的老鼠活不过当天，不是因为失血过多而暴毙于被人遗忘的角落，就是微不足道地死于呼啸而过的车轮底下。可是猎犬在那件事之后的感受，则实在超出我的想象范围了。

　　两只不同类别的动物之间的争斗结果，大自然会根据优胜劣汰、弱肉强食、自然选择的法则予以公示，这个问题似乎不难理解。可是，世世代代共同生活在这片土地上的同文同种的"为天下之贵也"的人们，为何如此固执地偏好大自然那同样的铁血法则，把它完全地、合法地引进并广泛应用于同类的同行之路，且以之作为前进的强劲动力？这样的动力，即使再强劲，也始终小于为此而付出的代价，因为每一个"人"，都始终应该具有首要价值。没有了人和人性的进步，任何所谓划时代的、翻天覆地的、具有里程碑意义的前进，都将成为丧失意义的舍本求末，就像我们企图占有美丽的树叶，而将其从枝头强行摘下，得到的只是一片枯黄的树叶。

失聪者的赞歌

　　爱人是一位普通的中学英语教师。由于她所在的是一所全日制寄宿的私立学校，对于她平时忙忙碌碌的工作，我已经习以为常了，也认为那种忙碌是私立学校的题中应有之义，所以也就没有过于在意，尽管这种忙碌的程度远超出我的想象。

　　今年，她们学校又取得了优异的中考成绩（2010 年该校在广州市所有的完全初中排名前十）。然而，优异的成绩不是自然而然生成的，也不是天上掉下来的馅饼，而是多届领导、无数师生、各位家长不懈努力与长期奋斗的结果。今天她们学校放假了，我帮助爱人搬迁办公室之后，已是满头大汗，她递给我一杯冰冻的矿泉水，凉爽了夏日里我那颗燥热的心；她又递给我一封来自刚刚毕业的学生的信，温暖了长期以来我那颗冰封的心。

　　以下是这位学生（她因幼年时期不幸遭遇车祸而听力受损）写给爱人的信件全文。

　　Dear 黄老师：

　　首先让我说一声，黄老师辛苦了！

　　早就想写这样一封信给您了，因为似乎在这 16 个月里，我都很少与您沟通，谁叫自己这么"文静"呢？第一次与您讲话，应该是那天晚上捡到 50 元钱的时候，我想这算是老天给我的一个机会，让我给老师留下一个好印象吧。

　　其实我一直知道爸爸在背后为我做了很多工作，尽管他极少跟我提起，但我感觉得到。在感谢他的同时，我更应该感谢的是您。

　　从初二到初三，每一个月、每一个星期、每一天的每一节英语课，您几乎无时无刻不忘站在我身旁大声地讲课，这总会激起我心中小小的感动和温暖，甚至有次还看到听写本上"Sorry, I forgot to stand near you"的字样。Julia，您根本就不需要，不管是听见或者听不见，我都不怪您。

　　我知道，您的腿不是很好，站久了肯定会累，有时候我觉得挺内疚的，无数次地想：Julia可以坐着么？于是，我觉得如果不努力学习，就对不住老师，对不住许多人。

　　听力永远是我的"死穴"，每次英语考试扣个10分、8分是免不了的，所以每次能够拿到120、130分，就已经是我的极限了。老师您偏偏教了我这样一个特殊的学生，我从来没有机会让您看到我的成绩单上满意的分数。当我知道中考听力免考的申请被批准的时候，真的高兴得快要疯了！试想一下，如果当时因为听力成绩不理想，而对笔试也失去信心的话，还能有现在的成绩吗?!"努力，必定会有收获，收获有很多种，可以是提高了的成绩，也可以是成熟了的心智。"老师的鼓励也给了我很大的信心。Julia，还有其他老师和很多同学，这么多人对我好，我怎能不幸福呢？

　　每一次我问同学，用几个词来形容您的时候，您猜他们怎么说？"Small and lovely."老师您很多时候真的很可爱，而且很和蔼、很年轻。所以，老师要开心，要多笑。可爱的牛牛（儿子的乳名，作者注）不也是遗传么？我相信在您的悉心培育下，他长大以后必定是个人见人爱、花见花开的大帅哥哦！

　　尽管四班并不是最好的班级，尽管四班无数次地让您失望、伤心，但我们会永远把您放在心里，我们都给过您许多惊喜（因为第二天是广州市2011年中考的最后一天，之后各位初三级学生将纷纷离校。他们在2011年6月16日——也就是爱人生日的前一天——的晚上，曾经集体"调侃"她，声言班里的两名学生打架了，尽管这极少发生。当她急匆匆地跑进教室时，完全黑暗的教室突然亮起了灯，之后，是他们为她集体唱起的《生日快乐歌》。作者注），我们都拥有过许多美好的回忆。

So, remember me, remember Class 4!

祝老师：笑口常开，万事如意，桃李满天下！

刘　莹

2011 年 6 月 18 日

在一所学校里，每年都有一茬学生毕业离开，都有一茬学生入校学习，就像大楼门口的旋转门一样，供各式旅客进进出出，来来往往，轮回不息。那许多难忘的往事，会随着与新的学生、新的老师的相遇而逐渐淡忘，但那曾经被深深感动的瞬间，应该深藏于心，并精心保管。每每在失意时启封，它都会散发出醉人的芳香，那是人性的光辉，是冰冷岩石里涌出的汩汩暖流，是水泥森林中绽放的美丽小花。

完美的缺憾

尽管我们渴望完美的生活，但生活却总是和我们变着法儿地开着玩笑，让我们欲笑又止，甚至欲哭无泪。能够平静地接纳生活中无奈的缺憾，是一颗高贵心灵的应有品质。

在美国，《独立宣言》的地位仅次于联邦宪法，是广受尊敬的历史文件，也是美国的无价之宝。然而，在这份神圣、庄严的文件中，竟然也有两处"缺憾"：大家发现成稿之后的文件中遗漏了两个字母。56名胸怀大局、不拘小节、务实浪漫的精英们并未在意，只是加上了两个"∧"形的脱字符，并签下自己的大名，他们并不觉得这样做会有辱于这份文件的圣洁，只是签名之后就迅速为了文件的内容而奋斗去了。

很多时候，一些看似无奈的缺憾，其实无关紧要。生活仍将继续，重要的是我们以高贵的心正视、压缩、折叠这些缺憾，并坦然地带着这些承载人生记忆的大大小小的缺憾轻松前行，因为前面的好风景正在等着我们；而不是在迟到后的哀叹和悔恨中，再次错过下一班车。

一天晚上，我心绪不佳，在小区内散步，此时已近十点钟了。途中，在路边的冬青树旁，一个低矮的黑影在晃动。我停下脚步，原来是一个年约七十岁的拾荒老人，收集打包了两大袋丢弃物，挂在扁担两头，正在艰难地挑起扁担，之后是更加艰难地往前挪步，弓着腰，低着头，左手扶着扁担，一小步一小步地走在树影婆娑的小路上。

我突然想起年迈的、身在远方的父亲……

那位老人和父亲的年纪相仿，想必他的子女也应如我此般年龄了，不知此刻他的子女在忙些什么，面对此景他们又会作何感想；也许他没有子女，那么他的老伴呢？会不会在焦急地等待他回家，一个狭小而温暖的家？也许他孑然一身，形影相吊，走向自己孤独的家；也许他早已没有了家，露宿在喧闹而冷酷的城市街头。

我很想走过去帮他一把，帮他挑会儿沉重的扁担，可是我始终没有迈开双脚，因为我的诸多同事就住在附近，我仍旧缺乏挑战世俗的勇气和力量，至今仍然为自己的麻木而懊悔不已。因为，他应该是一个或一些子女的老父亲，我不愿看到年迈的父亲如此艰难；我也是一个父亲，我相信我的小儿也不忍心看到如此艰难的我。

沉重的扁担，慢慢地消失在昏暗的夜色中，不知年迈的拾荒老人那刻有着怎样复杂或简单的心情，而我，却久久驻足于同样昏暗的夜色中。

2011年7月的一天，爱人在电话那头传来一个"令人欢喜不起来的好消息"：卧室的空调修好了，因为清理了妨碍压缩机正常运转的阻挡物——一个麻雀窝。这件事几乎每年夏天都会发生，所以她告诉我这个消息时，显得十分自然而平静。

可是，我的心里却不是滋味，因为，很多人看似理所当然的夏日里的阵阵凉风，却要以牺牲一只麻雀温馨的"家"为代价。

可以想象，那天，空调维修人员熟练而专业地清理了"恼人"的麻雀窝，再将它丢弃至无人问津的角落，任其接受风吹雨打日晒，最后被装入某一个垃圾袋，运往某一个垃圾场。在堆积如山的垃圾回收场内，这原本是温馨的家的稻草将显得那么无关紧要和令人不屑一顾。我无法想象，失去家园的麻雀，那晚将栖息何处；幼小的雀仔又将在怎样的烈日雨夜中艰难度日；它们辛辛苦苦打造的家园，又将于何时何地再次被熟练而专业地清除。

可怜的麻雀，简单地以为这现代科技所提供的空间可以成为自己温馨而安全的家，哪知，它们毫无奢求的家，不能和我们所追求的清凉的家共存同在，使"家"这种最基本的需要，成为一场放弃与坚持、清除与保留、强者与弱者的非对称博弈。

地球上的我们，早已凭借自身的智慧位居这个星球上生物链的顶层和塔尖。人类发明的日新月异的现代科技，在提高生活质量和工作效率的同时，也带给人类过高的自信，以为自己是这个星球上无所不能的主宰者。

可是，我至今仍然不能确信，究竟是麻雀的家纷扰了我的家，还是我的家纷扰了麻雀的家。

缺憾既然已成缺憾，不必过多纠缠于此，否则只能徒增烦恼。况且，正是缺憾，成为调剂生活滋味的盐醋糖椒，真正反映了生活的原本面貌。

过不了多久，葱郁的芦苇和麻雀的天堂，将被拔地而起的高档住宅所取代

（作者2011年11月5日拍摄于广州）

由精美的月饼所想到的

　　每年的中秋节前夕，各式各样的月饼随处可见，并被不断地转手传递。然而，这些仅仅作为承载感情之用的包装精美的月饼，真正被食用的又有多少呢？我实在不知道，也不敢妄言断定，在每年这个时候生产的所有月饼中，究竟有多大的比例被丢弃了，但应该不在少数。本身作为食用之物的月饼，已与食用没有多少关联了，更大程度上成为一种流通的凭据。在这一点上，它如同货币，但又不像货币那样拥有表里如一、清澈见底的币面和币值，它的价值被人为地隐匿了起来；它也不像货币那样可以全天候地流通，几乎仅限于中秋期间，之后便是"飘零君不知"的惨淡与冷落，因为它又会被新的不同于货币的流通物所替代了。

　　形形色色、昙花一现、拥挤排队、早已被预设了价值的流通之物，与其说是在表征着我们的文化，不如说是劫持了我们的文化，而劫持者则是世俗的功利、盲目的攀比、虚荣的面子和物化的感情。我们的文化基因，不应仅仅依靠外表华丽而内容空洞的物质符号来提醒和体现。无论是粽子、月饼还是年货，都应回归于闲暇时期人们手工制作的自然状态，唯此，才能更好地祭奠和"刻录"我们的文化传统。

二、乐观的心，向上的人

　　乐观的心态，不是简单粗糙的一支舞蹈、一首歌曲、一篇短文就能铸就的。它来自于清醒的自我认识，来自于与众多苦难的长期搏斗，来自于漫长的冥思苦想后的顿悟，来自于痛苦的自我蜕变后的美丽升华，来自于灵活顺变而又坚守自我的思维模式，来自于一颗善良、敏感而年轻的心；而绝非少不更事的鸵鸟式的掩耳盗铃，绝非看似热闹实则苍白无力的轻慢乐章，绝非喧嚣的金属打击乐所能促成。乐观的心态，是痛苦后的升华；没有痛苦，也就没有成长。必要的痛苦是成长之门的钥匙，也是品味风景的清醒剂。

由衷感激途中的美好

闽南语中有一句俗话"吃果子拜树头"，意思是说，如果当初没有他人的帮助，谁也不会取得今天这样的成就。只有懂得饮水思源的人，才能让成就更为持久。"二战"期间，上海的公共租界成为数万犹太人的"庇护伞"。为了教育一代又一代的以色列人不忘中国人民的大恩大德，以色列政府把这个历史事实写进了他们的中小学公民教育读本。

没有了我们，生活还是生活，依然会按照它固有的逻辑运转下去；没有了生活，我们就不再是我们了，只能如皮囊般兀自混迹于世间的各个角落。就像没有鱼的河流依然是河流，而离开河流的鱼无法生存一样。缺乏人生终极意义与核心价值的支撑，人，只是一张有别于他人的苍白无韵的面孔、一个有别于他人的转瞬即忘的名字、一段有别于他人的平淡无味的经历罢了，仅此而已。没有他人，也就没有我们自己。我们只有赋予这张面孔、这个名字、这段经历以更为清晰的意义，才能为更多其他的面孔、名字和经历带来更大的帮助，才能以尽量少的索取换来尽量多的贡献。

2008 年 4 月底的一天，跟朋友去广州市著名的风景区白云山游玩。下山时，天下起了小雨。我们在白云山西门等车，因为当时恰逢车流高峰时期，打不到车，雨中的我们焦急而狼狈。这时，一辆轿车停在了我们旁边，问我们去哪里，当我们告诉他目的地后，他说刚好顺路。我们上了车，发现开车的是一名三十岁左右的男子，一名女子（似乎是他的妻子）坐在副驾驶的位置。掉头、行驶、再掉头，我们终于到家了。当我问他们去哪里时，他说的却是另一个地方，原来，那个地方距离白云山西门很近，而且直行就是了，根本无须掉头。看着雨中远去的车子，我的心中涌起阵阵暖流。

那位行色匆匆的朋友，你还好吗？我走得太急，来不及询问你的名字、你的联系方式，只能怀着感恩之心，以你对待我的温暖方式对待他人，传递你的爱心。我并不希望得到他人的回报，就像你并不希望得到我的回报一样。

那位行色匆匆的朋友，你向我撒了一个善意的谎，为我提供了真诚的帮助，却选择默默地离开，消失在茫茫人海中。我曾无数次地仔细回想你的容颜，希望能够在摩肩接踵的人潮中找到你，可是始终未见你的踪影。为什么我会经常想起你？原来，你从未离开，一直在我的心底深处。从那时起，我一直传递着这份爱心，将她交给了许多我所不认识的、带着诧异与惊喜的表情的人，正如你传递给我时的那样。愿这根爱心接力棒一直传递下去，也愿它能够幸运而意外地传回你的手中。如果真有那么一天，请你不要感到意外，因为那是上天对你的回馈。

感恩，是一种对自然、社会和他人给予自己的恩惠与方便的由衷认可并真诚回报的认识、情感及行为。现实生活中，每个人的成长都离不开他人的关心和帮助：没有父母的养育，就没有我们的生命；没有他人的培养，就没有我们的进步；没有社会的支持，我们也将无法生存。感恩是中华民族的传统美德，是每个人都应该有的基本道德准则，是做人的起码修养，也是我们面对人生困境应有的心态。

上大学以来，尤其是参加工作以来，我发现，能够使我的心情好转的最快的方法，就是感恩和感激。当我发现周围所有的事物都值得感激时，坏情绪也就消失得无影无踪了。有一次，我的情绪状态极差，简直想不起来还有什么事情值得我感激。突然，我看到了自己的手指（我的双手有些小，但据说很漂亮），我觉得它们能够灵活自由地移动，并做出各种各样的姿态，简直是个奇迹！

我又走出办公室，抬起头来，看着羊城湛蓝的天空、洁白的云彩，不远处秀丽翠绿的白云山映入眼帘，微风拂面，碧草葱葱，校园内绚烂的木棉花正在绽放，多美的春天啊！平日里被视而不见的校园景色，并不因为我们的熟视无睹而暗自神伤，而始终在展示着自己的美丽；平日里我们司空见惯的校园翠竹，竟都是大自然精心雕刻的结果，并无偿地奉献在我们的面前。看到这些，心中的苦闷悄然消散了，我又回复了往日的平静。

此时，我才深切体悟到了卢梭的那句话：一个不懂得感动、感恩的人，就是一个最无知、最失败的人，也是最不值得别人尊重的人。感恩是一种做人的道德，是一种美好的情感，也是人性的高贵之所在。拒绝感恩，是道德的失落，也是不文明的表现。对于我们来说，只有拥有感恩、感激的心态，才会感谢生命，感恩拥有，知足常乐。

想起了魏特利博士的故事。他是美国著名的行为学家，常常马不停蹄、一场接一场到世界各地作巡回演讲。一次，他结束了一场演讲，赶着回加州。在他抵达机场的时候，飞机已经要起飞了。他拼命地赶往登机口，可是入口已经关闭，他沮丧地坐在候机室里，等待着下一班飞机。大约一个小时之后，传来了噩耗：那架他本想乘坐的飞机，由于螺丝钉断裂而使飞机双翼的引擎盖脱落，最终导致机翼破损而坠海，乘客和机组人员全部遇难。魏特利一直保存着那张发黄的机票，提醒自己珍惜生命中的每一天。每当他遇事不顺、遭遇挫折时，总会拿出那张泛黄的过期机票，心中所有的不幸与怨气都会在瞬间消失得无影无踪。

海伦·凯勒在她的名篇《假如给我三天光明》中向我们提出了这样的问题："假如你只有三天光明，你将如何使用你的眼睛？假如你知道三天以后，太阳再也不会从你的眼前升起，你又将如何度过这三天宝贵的时光呢？"希望每个朋友都能认真思考这个问题，诚实地给出自己的答案，并时刻带着这个答案，以惊喜的感恩之心欣赏一路的好风景。

无私而平等的阳光

阳光驱走黑暗，照耀着大地和大地上的每一个人，无论他的肤色是黑还是白，无论他的出身是高贵还是卑微，无论他是身价过亿的巨富还是衣不遮体的乞丐，无论他是高楼大厦中见多识广的城里人还是低矮平房里孤陋寡闻的乡下人，太阳播撒的光亮完全一样。

阳光不会谄媚于你的西装革履，也不会惊讶于你的粗布麻衣，她只是不偏不倚、一如既往地为人们带来自己的光和热。你可能抱怨她过于吝啬，让你在寒风中瑟瑟发抖；可能忌记恨她不解风情，让你在骄阳中汗流浃背，但她自有高见，依旧大度地为人们无偿提供着光明，为万物提供着所需的宝贵光明。阳光平等无私，而受其恩泽的人们却众口难调，对她有着千差万别的看法，就像下面这位名叫汤姆的孤儿一样。

汤姆是一名孤儿，2003 年的圣诞节，他在美国加州的赛尔西孤儿院给上帝写了一封信：①

> 上帝您好！您知道我是一个听话的孩子。可是，您昨天送给哈里一个爸爸、一个妈妈，而您连一个姨妈都不送给我。这太不公平了。
>
> 上帝亲启

经过深思熟虑，《基督教科学箴言报》专门负责替上帝回信的特约编辑

---

① 《涉世之初》2004 年第 6 期。

摩罗·邦尼先生回复了下面这封信。

亲爱的汤姆：

我不期望你现在就读懂这封信。不过我还是想现在就告诉你，上帝永远是公平的。假如你认为我没有送给你爸爸妈妈，就是我的不公，这实在让我感到遗憾。我想告诉你，我的公平在于免费地向人们供应了三样东西：生命、信念和目标。

你知道吗？我们每一个人的生命都是免费得到的。到目前为止，我没让任何一个人在生前为他的生命支付过一分钱。信念、目标也一样，也是我免费提供给你们的，无论你生活在人间的哪一个角落，无论你是王子还是贫儿，只要想拥有它们，我都随时让你们据为己有。

孩子，让生命、信念和目标成为免费的东西，这就是我在人间的公平所在，也是我作为上帝的最大智慧。但愿有一天，你能理解。

你的上帝

这封信后来被刊登在《基督教科学箴言报》上，成为上帝最著名的公平独白。

生活中，很多被我们视为理所当然的小事，失去后方知那不是小事，原来是与我们息息相关的、须臾不可或缺的人事，只是因为我们长久以来习惯了拥有它，而忽略了、淡忘了它的巨大功用。短暂的失而复得，为我们提供了一个反思的良好契机，有助于我们怀着应有的感恩之心，重新审视那些看似貌不惊人的物件，当然，还有那看似平淡无奇的日子。

一天早上，我骑车上班。一轮红日在高楼和棕榈的掩映下冉冉升起，三五成群的小朋友嬉笑打闹着，结伴走在上学的路上。一位母亲认真地晾晒着带有露珠的稻草，而她那两三岁的孩子却目不转睛地盯着开过来的小小的挖土机，目送着它渐行渐远，并不时抬起手来揉揉惺忪的双眼，懒洋洋地打着哈欠。晨风习习，清爽宜人，小路两旁的芦苇丛中传来不知名的鸟儿的欢唱和对歌，它们中有几只并不安分，从芦苇丛中不时飞落到路旁的芒果树和榕树的枝头上，并再次竞相施展歌喉，以此迎接新的一天。

　　我停下脚步，仔细品味这圣洁的深秋的早晨。不管人们是否回头留意，是否驻足流连，这圣洁的深秋的早晨一直就在那里，只是默默地等待着你的到来，无论你是富甲天下的大商贾，还是这个城市的过路人，抑或是飘零他乡的拾荒者。我愿用所有不必要的浮名，来换取这圣洁的深秋的早晨，以及品味它时的这份闲适。

让人流连的深秋早晨

（2011 年 11 月 7 日作者拍摄于上班途中）

怡然享受途中的景致

　　一颗自在之心，就好比舞台下一位安静的观众，不顾周围热烈的掌声和喧闹的欢叫，以自己的眼光冷静地欣赏着台上的演出，并得出自己的结论。对于这场演出，他人自有他人的评价，而这位观众则不为所动，忠实地坚守着自己的评价。

　　自在的好处，就在于可以免受无事之事的打扰，远离喧嚣噪音的污染，得以在一个安静的位置，安静地做着自己喜欢的事情；就在于可以静下心来，漫看云卷云舒，仔细体味刚刚发现的独特而美丽的风景；就在于可以身居独处的空间，身穿坚毅而执著的外衣，礼貌而坚定地回绝世俗的邀约（因为很多时候，这种看似盛情的邀约，实则是善意的干扰和集体的孤独）。正如德国哲学家康德所说，自由不是想干什么就干什么，而是想不干什么就有能力不干什么。

　　纯粹的自在者好比桃花源中之人，我们当然可以说他们孤陋寡闻、与世隔离、自生自灭，那是我们的权利。但同时，似乎我们也无法否认，他们过着的才是真正的生活，因为这种生活真正属于他们自己，而不是完全受着别人意志控制的"不觉异化者"，不是一个被任意摆放和随意安置的傀儡式的稻草人，而后者，才是最大的不幸。幸与不幸，并不在于物质生活的丰富与否，世俗功利的达成与否，而在于是否充分地实现了自己（而不是别人）的创造潜能，是否最大限度地成为了自己（而不是别人）。正如美国著名喜剧演员比尔·寇斯比所说：我不知道成功的秘诀，不过我可以确定失败的秘诀，那就是，想取悦所有的人。

自在的旅行

美丽而幽静的景致，恰似悠闲自在的世外桃源，让我们远离世俗的功利和聒噪的喧嚣，得以洗刷厚厚的内心灰尘，重见心灵的万里晴空。

自在的旅行，随心所欲地停下脚步，驻足欣赏路边的风景，经常会收获意想不到的惊喜。旅行，本是一件轻松的事情，不应被一个个景点和相机所劫持，身陷众多景点的"囹圄"，甘愿成为风景的奴隶。那些完成任务式、赶场式、走穴式的旅行者，并非真正的旅行者，他们就像围转在风景四周、踮脚翘首一睹风景"遗容"的短暂过客，并拍照以作留念（也许用"证明"一词更为妥当一些）。接着，他们又将匆忙地离开，赶赴下一个"瞻仰点"，并再次重复先前的各项仪式性"议程"。

他们何尝是自在的旅行者，他们只是排队瞻仰的买票者，只是手持入场券的围观者罢了。

自在和休闲并不等于一味地无所事事，否则自在就成为另一种形式的"自杀"了。我并不赞同人们一味将自己放逐于忙碌的事务中，可是，我更不赞同那种每日以不着边际、花样翻新的手段虚度时光的人，尽管他们乐此不疲，但我倾向于认为那是一种自杀式休闲，在所谓的休闲中使自己成为真正的闲人。

休闲，享受忙碌生活的轻松间隙，本是人人所向往的，可是过多的休闲则会失去休闲应有的价值。就像一个喜欢吃海鲜的人，如果每顿都是海鲜，海鲜就会失去其应有的吸引力了。

休闲的最大价值并不在于缓冲、消解身体上的劳累，而在于休闲时的那份轻松、自在、超然的闲适心情。尽管休闲的方式可以是美食、购物，也可以是运动、睡懒觉，但我更倾向于旅行和读书。旅行增加了我们的人生阅历，读书则丰富了我们的心灵阅历。能够获得最大增值的休闲，才是最有意义的休闲。

当然，由于价值观念的不同，人们都以各自所认定的最有意义的方式休闲着。因为不管我们愿不愿意承认，每个人都在过着自己选定的最乐意、最舒适的生活。我们无权对别人选择的生活评头论足，只能欣然地走在或宽阔或狭窄、或平坦或崎岖、或漫长或短暂的自己的路上，也许孤独，让同行者、导引者陷入尴尬，但也不能空虚，让喧闹者、起哄者充斥其间。

下班的班车上经常传来阵阵喧闹，有高声闲聊的，有大发牢骚的，也有接打电话的。看得出来，各自忙碌了一天的人们，在充分利用着班车开动前的小段时间，继续着还没来得及完成的个人事务。

其实，下班的路途也是一段自在的旅行，它本是为紧张的生活而特设的闲暇时段，不应心甘情愿地让这个时段被我们早已习惯了的紧张所胁迫、劫持和绑架。不喜喧闹的我，坐在后排靠窗的角落，找到适合自己的位置，看着窗外的草坪。雨后的草地格外翠绿，草叶尖上的雨滴清晰可见。在大片的草坪上，泼辣地绽放着红色的小花。校园内绽放的花卉，并未因为人们的漠视而暗自神伤，依旧默默地装点着这个世界，并时常为那些忽视他们存在的人带来意外的惊喜。当人们落寞失意、百无聊赖时，它们又义无反顾地成为人们心中的寄托。"飘零君不知"的它们，在来年又将成为悄然到来的绿色的春天。

春天，春天在哪里？其实，春天就在我们的身边，只不过有时是它更换了装扮，让我们认不出来，有时是我们变更了心情，不愿意认出它来而已。对于一颗易感的心，春天无处不在，而无处不在的春天，也会帮助我们成为一个质感的人。正如爱因斯坦所说，人类以为自我是个完全独立的个体，这是一种错觉，这个错觉对我们来说是一种束缚，使我们的愿望仅限于自己及最亲爱的一些人；我们的任务是必须把自己从这种束缚中解放出来，以扩大与周遭的一体感，拥抱所有的生物与整个美丽的大自然。

记得美国著名心理学家马斯洛说过，心理健康的人更容易经历美、正义、完善等心醉神迷的神秘体验。比如：默默地体会那些值得赞赏、值得热爱和尊敬的人，感受和思考他们的美德；努力缩小注意的范围，全神贯注地陶醉于蚂蚁、昆虫、花朵、树叶等微小的事物，专心致志地观察而不受外界的干扰；从别的动物的角度来思考自己的生活，如在一只蚂蚁的眼中，自己会是什么样子，等等。很多时候，我们固执地把时间花在一些毫无意义的回忆上，却没有留出丝毫时间去闻一下身旁玫瑰的香味。其实，亲密接触大自然并非什么难事。我们可以去城市中的公园、河边，也可以去乡村的树林、荒地，与大自然亲密交谈，投入地体味一棵小树、一片树叶、一滴雨水、一朵白云、一只蝴蝶的感受。空灵而充满奥秘的大自然有着神奇的魔力，往往会清洗掉我们心中的灰尘，使我们获得内心的祥和与安宁。

平淡的幸福

　　至今仍然清楚地记得小时候曾经唱过的一首儿歌：《幸福在哪里》。歌中唱道："幸福在哪里，朋友啊告诉你，她不在绿荫下，也不在温室里，她在辛勤的工作中，她在晶莹的汗水里。"那时候，对于"幸福"这个词，我并没有多少真切的感受和深刻的理解，它只不过是歌中的一个词汇、生活中一句随口而出的话语罢了。

　　《辞海》对"幸福"这一词条的解释是这样的：一种持续时间较长的对生活的满足和感到生活有巨大乐趣并自然而然地希望持续久远的愉快心情。日常生活中，不少人热衷于谈论某个话题，但很多时候大家谈论的并不是同一个问题，而是对某个自以为明白无误的问题的不同的自我解释而已。因为自认为明白无误，所以经常偷换概念，豪言壮语、面红耳赤的同时，殊不知已经偏离了谈论的议题。所以，我经常会在理解和思考某个问题前，先弄明白这个问题的确切含义，尽管有人会认为有点迂腐吧。

　　根据《辞海》的解释，幸福是一种愉快的心情，尽管前面有很长一段定语。既然是一种心情，当然就是很主观的东西。比如对于同一套60平方米的住房，在拥有多套豪宅的人看来，那是不值一提、不屑一顾的"小菜"；而在没有房子的人看来，那是求之不得、朝思暮想的天堂。可见，由于经济基础、社会地位、环境经历的差异，人们的幸福感受也千差万别。因此，幸福只是一种"相对的"感受，而没有"绝对的"标准，正如"情人眼里出西施"的道理一样。

　　幸福与物质的关系，并没有我们想象得那样密切。幸福的感受，也并不随着物质财富的增加而同比例地增加：我们的物质财富是之前的10倍，并不意味着我们就比之前幸福 10 倍；甲所拥有的物质财富是乙的 10 倍，也并不意味着甲比乙幸福 10 倍。罗伯特·肯尼迪在 1968 年参加总统竞选时的演讲词中也谈到了同样的道理：GDP 并没有考虑到我们孩子的健康，他们的教育质量，或者他们游戏的快乐。它也没有包括我们的诗歌之美或者婚姻的稳定，没有包括我们关于公共问题争论的智慧或者我们公务员的清廉。它既没有衡量我们的勇气、我们的智慧，也没有衡量对祖国的热爱。简言之，它衡量一切，但并不包括使我们的生活有意义的东西，它可以告诉我们关于美国人的一切，但没有告诉我们，为什么我们可以因做一个美国人而骄傲。

我并没有说幸福没有任何标准。在我看来，幸福就是与自己喜欢的人和事相伴，享受并增进这种喜欢程度的状态和过程。幸福是一种身心愉悦的状态（而非外表光鲜而内心痛苦的虚荣），也是一种动态变化、不断刷新、与时俱进的过程（而非僵化的刻舟求剑）。它包含两个方面的内容：一是做着自己喜欢做的事（当然，这件事要有意义，它也可能不是你最喜欢的，但起码不是你所反感和厌恶的），喜欢自己所做的事，即做我所爱，爱我所做（Do what you love and love what you do），并把这件事情做到让自己满意的程度，出于自己的天性和本真的兴趣，为自己而做，而非为了别人或真或假、变幻莫测的喝彩；二是与你喜欢的人在一起，享受着爱情、亲情和友情的浸润，并自觉增进这种浸润的程度。

可以这样说，在一定意义上，幸福是一种"你打你的，我打我的"、"我行我素"的自我设定状态。幸福不幸福，更多地取决于个人心目中已经事先设定的不同的标准，而非世俗的众人搭设的雷同的框架。

最好的梦想

最好的梦想，是那些尚未实现的梦想。因为尚未实现，所以我们带着满心的期待努力前行，而这种前行与期待的状态，本身就是幸福。所以，珍惜已经拥有的是幸福，而且是幸福的很大一部分，这并没有错；但这不是幸福的全部，因为还有另一部分幸福存在于对未来的向往和期待中。

日常生活中，我们可能渴望拥有一间大的书房，并由此而渴望一套面积足够大的房子，心想着在宽敞明亮的书房里读书，该是一件多么幸福的事情。然而，在真正拥有了足够大的房子和书房时，当我们真真切切地坐在宽敞明亮的书房时，当初那种浓烈的渴望已经在梦想实现后的满足中稀释得没有那么浓烈了。梦想一经实现，就会立刻失去其当初的吸引力，并代之以新的梦想；正是这种不断更替的梦想，创造了人类灿烂的文明。

可以说，对于满足与不满足，只有把握好两者的呈现时机，调配好两者的混合比例，才能在取舍后的平衡中找到真正的幸福。然而，需要指出的是，满足并不意味着不思进取、坐吃山空，而是怀着感恩、庆幸、知足的心情，欣然享受业已拥有的一切，是一种怡然自足的轻松心态。不满足也并不意味着脱离实际的非分之想，而是在现有的基础上，将自己真正喜欢的事物推向一个更高的高度，是一种超越性的动力和欲求。

罗根·帕索·史密斯曾说，生命中只有两个目标：其一，追求你所要的；其二，享受你所追求到的。只有最聪明的人才可以达到第二个目标。现实中的很多人只是忙于达成第一个目标，总是在尽其所能地扩大第一个目标的疆域。他们认为，只有得到的足够多时，才谈得上享受。实际情况是，当他们自认为第一个目标已经充分实现了的时候，却没有享受求得之物的身体条件了；或者当他们认识到求得之物并不是真正值得享受之物的时候，却为时已晚，因为他们已经在第一个目标上投入了太多太多的精力。

我总认为，最大的痛苦不是外人和外力施加的，而是自己造成的——不知足。所谓不知足，就是想得到本不属于自己的东西（道德规定），或者自己能力范围之外的东西（实力规定），而自己却偏偏认为应该得到、可以得到。因为觉得自己应该得到，而且可以得到，于是拼命去抢，并美其名曰奋斗。等到终于抢到了，才发现那抢到的东西要么没有那么重要，不是自己真正在意的；要么发现，那是一块烫手的山芋。

幸福者的共同之处，并不在于他们事先估想的金钱、健康、情感和地位，而是在于心中明确地知道自己的梦想，体会到自身在迈向梦想时的喜悦感受。梦想可以带给我们拼搏进取的坚定信念，而"幸福"恰恰是由这种信念酿造的美酒。

性格：串起人生经历的主线

古人说，人心不同，各如其面。人与人之间有着巨大的差异，然而造成人们之间如此之大差异的，与其说是遗传、环境、教育和经历，倒不如说是性格更为准确一些。尽管性格来自先天的遗传、环境、教育和经历，但业已形成的性格，又会对后续的环境、经历产生巨大的反作用力。它似乎对性格的成因说，"我承认，我确实来自于你，但那是曾经的我来自曾经的你，将来的我，将主宰将来的你。"

西方人说，性格决定命运。可以说，是我们亲自挑选了一种性格，而这种性格又造就了我们，使我们成为现在这个样子。每个人都有自己的性格缺陷，只是这种缺陷的类型和程度不同而已。因此，不要过多地为自己的性格缺陷感到遗憾。要知道，尽管当初它们（指遗传、环境、教育和经历，也可以说是"生活"）给我们的那些东西现在看来似乎并不是我们所想要的，但毕竟我们当初接受了下来。虽然是被迫的，但也是欣然的，正是这看似相悖的事实，促成了我们此刻随身携带的性格。

性格规定了我们的行为模式，为我们时时刻刻的行为涂抹了一层独特的色彩，贴上了特有的（人们各自制作的）标签，使得我们可以轻松地将人们区分开来，就像人的姓名一样。正如我们在不同心绪下，尽管写出了足以让自己感到诧异的笔迹不同的字，但明眼的旁人一下子就能认出这是我们的笔迹。

无论我们的经历如何曲折，总是可以在这些经历中看出一条清晰的心理脉络，这条脉络就是性格。它就像一根绳子，将我们经历过的无数事件串联起来，成为一串独一无二的念珠。我们一路带着这串念珠前行，直到生命的终点。

　　一个人真正区别于另一个人的标志，不是他的出身、地域，也不是他的职业、地位，更不是他的外表、服饰，而是性格。性格就像一张名片，一张最重要的名片。

　　无论我们的经历如何复杂、道路多么曲折，这复杂的经历总会成为我们性格的索引，这曲折的道路总会成为我们性格地图上的动脉。没有独立的性格，生活就像一艘失去帆的小船，它的行驶路线，只是勾画了海风的风向轨迹，复制了一份海风图而已，何尝有过自己的主心骨？何尝利用过哪怕是反方向的风来助推自己，艰难而坚定地朝着自己的航向前进？

三、丰富的心，富有的人

在我们自己发现的风景面前，驻足下来仔细品味固然十分重要，但仅仅如此是不够的。其实，真正的风景源于我们的内心。没有丰富的精神生活，再好的风景我们也会浅尝辄止，甚至无动于衷，之后又急切而茫然地期待着下一处风景。一个善于品味风景、精心收藏风景并努力创造风景的人，才是一个真正富有的人。

风景源于内而现于外。越是拥有丰富的精神生活，越是能够轻易发现并深刻品味人生之路上的风景。风景在哪里？就在我们的内心深处。

快乐的答案

　　很多人竭力变着花样用不同的活动来填充自己的生活，看似丰富多彩，可是内心却极为空虚。看似丰富的生活，不仅未能填补内心的空虚，反而加重了空虚感。他们一味地、盲目地追逐外在的丰富，到头来却收获着一模一样的结局（内在的空虚），只是个中的感受不同罢了。也许他们追求的，正是这种不同的、有别于他人的、标志性的感受吧；然而快乐与否，只有他们自己知道。真正的快乐，并非来自看似丰富的、走马观花的生活方式，而是来自充实的、真真切切的内心体验。

　　每当在大街上遇见花花绿绿的男男女女，用刻意而肉麻的勾肩搭背来表明和公示他们的两情相悦，我都感到不可理解。难道非得要那样做才能标示自己的快乐吗？对于这种过度的招摇过市式的直白表演，我更多的是怀着不屑的神情，转过头去，而不是带着欣赏的眼光，迎过头来。我不知道他们是否在有意捕捉路人的目光，不知道他们如何解读路人的目光，也不知道其他不同于我的路人会投去怎样的目光，我只知道，他们和我有着不同的自由，不同的审美标准。

　　我尽可以继续表示我的不屑，并逐渐"老朽"下去；他们也可以只管尽情表演，并继续"时尚"下去。在一个娱乐至死、恶搞经典、"一切皆有可能"的时代，似乎一切都可以通过标新立异的形象，为自己贴上合法的标签，为自己戴上耀眼的光环。

　　在我的眼中，那刻意摆弄风姿、过度公示亲密的男男女女，绝非一道美丽的风景，而是一种视觉的污染。

　　英国《太阳报》曾以"什么样的人最快乐"为题，举办了一次有奖征答活动，从应征的八万多封来信中，评出了四个最佳答案：

1. 作品刚刚完成，吹着口哨欣赏自己作品的艺术家；
2. 正在用沙子构筑城堡的儿童；
3. 为婴儿洗澡的母亲；
4. 千辛万苦之后，终于挽救了危重病人的外科医生。

　　要使自己成为快乐的人，第一个答案告诉我们，必须工作，有工作就会使人快乐；第二个答案告诉我们，要充满想象，对未来充满希望；第三个答案告诉我们，一定要心中有爱，那种无私的、永不计报酬的爱；第四个答案告诉我们，一定要有帮助他人的技能。
　　工作、想象、爱和帮助他人，这就是快乐的答案。
　　亲爱的朋友，你记住了吗？

建造自己的心灵密室

尽管我们中的大多数人无法像美国作家梭罗那样远离尘世的喧嚣，离群索居——因为我们可能没有他那强健的体魄和自立的能力，尤其是他极为丰富的植物学知识和可以在任何地方从零开始的勇气——我们仍然可以在生活中找到自己的心灵密室，只要我们愿意。

无论你是在如战场般残酷的商场上拼杀的企业家，还是在陌生的城市中努力奋斗的打工者；无论你是繁重的教学科研任务缠身的"工程师"，还是忙于穿梭在各个教室之间的求学者；无论你是宣读过希波克拉底誓言的白衣使者，还是承受着病痛折磨的各类患者，都有权，也可以在忙碌、痛苦之余，抽出身来，试着与这忙碌和痛苦保持适当而必要的距离，躲进自己早已建造好的心灵密室。在这里，你可以卸下职场上和生活中不得不戴上的各类面具，与那个本真的自我亲密接触、促膝长谈，接受它的提示、指引和批判，以便更好地回归生活，重新上路。

很多人因为没有自己的密室，或者嫌弃它过于冰冷而无法忍受，只好习惯性地约上几个所谓的朋友，一味地把自己交给集体的狂欢。但那只是暂时的逃避而已，就像非洲那只将头埋入沙漠中的鸵鸟，以自欺欺人的方式面对人生的苦难，以缴械投降的姿态迎接生活的挑战。

密室仅仅属于自己，只对自己开放。你无法与别人共享同一个心灵密室，因为那是别人最私密的空间，不允许任何他人靠近，即使你们是最亲近的朋友。

想起了那篇《采访上帝》① 的短文。

---

① 顾奔：《采访上帝》，《视野》2006 年第 1 期。

我在梦中见到了上帝。

我说："我很想采访你，不知道你是否有时间？"

上帝答道："我的时间是永恒的，你有什么问题吗？"

我问："你感到人类最奇怪的是什么？"

上帝答道："他们厌倦童年生活，总是急于长大，而后又渴望返老还童。他们牺牲自己的健康来换取金钱，然后又牺牲金钱来恢复健康。他们对未来充满忧虑，但却忘记现在。于是，他们既不生活于现在之中，又不生活于未来之中。他们活着的时候好像从不会死去，但死去以后又好像从未活过……"

我又问道："作为长辈，你有什么经验想要告诉子女的？"

上帝答道："他们应该知道不可能取悦于所有人，他们所能做到的只是让自己被人所爱。他们应该知道，一生中最有价值的不是拥有什么东西，而是拥有什么人。他们应该知道，与他人攀比是不好的。他们应该知道，富有的人并不是拥有最多的人，而是需要最少的人。他们应该知道，要在所爱的人身上造成深度创伤只要几秒钟，但是治疗创伤则要花上几年时间。他们应该学会宽恕别人。他们应该知道，有些人深深地爱着他们，但却不知道如何表达自己的感情。他们应该知道，金钱可以买到很多东西，却买不到幸福。他们应该知道，得到别人的宽恕是不够的，他们也应当宽恕自己。"

密室在哪里？在静思冥想中，在深度反思中。当我们将喧嚣繁杂的尘世关在门外，静下心来，与自己对话时，我们就进入了自己的密室。密室并非只能在夜深人静时打开，它时刻开放着，不分昼夜，即使我们身处嘈杂的地铁、喧闹的超市，也同样可以随时进入自己的心灵密室。

拒施后的反思

　　一次，和司机小闵在小店吃饭，因为菜较多，打了两个包。夜色中，我们一起步行在返回班车的路上，突然碰见了一个约莫三十多岁的男性求助者。他自称是安徽人，白天在火车站被人偷了钱包，第二天上午九点，老家将来人送钱过来，以解燃眉之急，无奈之下，一家人来此等候好心人的帮助，只求一口饭吃。他的旁边，是一位三十多岁的妇女，怀里抱着一个似乎还不到一岁的小女孩。

　　我看他衣着还算整洁，就说要看看他的证件。他说证件在钱包里，一起被偷了。我提出安排他们一家三口的食宿，等第二天上午九点拿到老家送来的钱后，再行离开。他没有答话，只说为了小孩，求求我们给口饭吃，说话的同时，向小闵提着的打包食物伸出手来。我说你的伸手行为太主动了，我不得不提防。他反问道："为什么要提防我呢，我是需要提防的人吗？"这个反问令我心中很不是滋味，随即又以同样的方式反问了一句："难道我不需要提防你吗？"话毕，毅然带着小闵离开了这个让我心里很不舒服的人。

　　回来的路上，我们俩一直在讨论着刚才的一幕，并一致认定那人是骗子，透支了两位年轻军人的善良。目送小闵驾驶班车离开后，我久久地站在原地，反复回想着刚才发生的真实一幕。我会不会误解、冤枉了他们？如果当时他的急于伸手行为，确实是因为孩子长时间粒米未进而饿过了头呢？想到这里，我又快步赶往原来的地点。可是，那两个大人和孩子已经消失得无影无踪了。

　　为了自己虚荣的自尊心，我可能（哪怕这种可能性微乎其微，完全可以被视为小概率事件）误解了真正需要帮助的一家人，更何况还有一个不满一岁的小孩子。身为一个父亲，每每想到这里，我总会为自己的虚荣和冷漠后悔万分，因为我宁愿自己被欺骗一百次，也不愿因为自己的迟疑而漏掉一个真正需要我出手帮助的人。希望我以后还能遇见他们，同时希望不再是在同样的求助场合，也不再是同样的求助理由。

悔恨之余，我来到附近的一家小店，一边品尝着鲜榨的椰子汁，一边望着穿行而过的各色路人，并渐渐陷入了沉思。

有的路人昂首挺胸，清脆响亮的高跟鞋声音由远到近，再由近到远，逐渐消失。有的路人四处张望，留意着周围一切他认为新鲜的东西，似乎是第一次来到这个陌生的地方。有的路人低头沉思，好像仍然沉浸在刚刚经历的事情中，或者还在想着工作上的难题。

人们从我的眼前渐次出现，又可以预料、毫无例外地走远。我仍然喝着新鲜的椰子汁，看着新鲜的路人出现，之后消失。

其实，每个人都在走着自己的路。

形色匆匆的路人，懒得为伏地乞讨的老太投去短暂的一瞥

（2011 年 9 月 25 日作者拍摄于广州）

生存：以生活的名义

很多人尽管有着令人羡慕的职业、收入、地位和身份，但整日忙着的，依然是如何生存下去的事情。他们何尝生活过？更别说享受生活了。当然，生存与生活的界限是因人而异的。能够有幸过上衣食无忧、略有盈余的日子，就已经跨越了这条界线。问题是很多人为小康设定了过高的标准，认定那是一座很高的山峰，总想着在自己登上那座山峰后，再停下来安心地欣赏风景。而当他们如愿抵达那里时，又看到了远处更高的山峰，于是又跃跃欲试，将当初在这里暂停下来欣赏风景的约定完全抛在了脑后，为了一道风景而错过了一路的风景。结果，他们一直忙于登山，而忽略了登山的目的在于攀登本身，而非登顶后"一览众山小"的刹那。因为高耸而冰冷的山顶并非宜人的居所，只是一个虚幻的象征罢了。

懂得在哪里停下来是一种智慧，因为山坡上也有迷人的风景。实际上，风景只不过是一道摆设、一个去处、一种寄托而已，重要的是观景时的那份心情。没有了这份心情，再好的风景也会成为被人遗忘的角落；没有了这份心情，我们这被生存所充斥着的生活，实际上只是打着生活旗号的生存而已——生活，早已成为生存的傀儡。

捷克作家米兰·昆德拉曾经发出这样的疑问和劝诫——现代人认为重要的东西：汽车、别墅、权势、金钱，真的比宁静的心灵、自由的时间、温馨的情感和从容的境界更重要吗？实际生活中，汽车、别墅、权势、金钱这些东西，似乎不仅不让人讨厌，而且成为很多人趋之若鹜且为达目的无所不用其极的东西。一些相对明智的人，也以"适可"一词来"适可"降低这些东西的重要性，聊以自慰；但这份"适可"仍经常挤压了宁静的心灵、自由的时间、温馨的情感和从容的境界等"更为重要的东西"的空间。这些"更重要的东西"，被我们主动地冷落了、遗弃了，成为被我们遗忘的角落。

我并不是说汽车、别墅、权势、金钱这些东西不重要，而是说要以"终极的目光"认真审视它们，给予他们应有的定位和权重，把握好生存与生活的比例，更加清醒地走在自己的路上。

科技：爱你在心口难开

宽阔的高速公路上，飞驰着各种高档轿车。殊不知，那些驾驶轿车的人，不仅耗费着珍贵稀缺的地球资源，排放着大量有害于环境和人体的毒气，高傲地扬起漫天的灰尘，还制造着大量的交通事故。而所有这些，人们似乎都没有在意，只是专心地驾车前行，赶往各自多变的目的地，同时留意着人们对其轿车投来的艳羡目光，并继续将轿车的高档程度作为身份地位的象征。

我并不是主张取缔汽车，回到男耕女织的远古时代，因为科技强力推动着并将继续推动人类的进步，只是我们要充分认识科技这把双刃剑，而非一味地、无忧地高枕着科技的成就。正如爱因斯坦所说，科学能减轻人的劳动量，给生活以安逸和舒适，却不能带给人们幸福。这是因为人们没有完全有意义地利用它，我们在发展和利用科学时，缺少全面的道德和责任。

曾经看到这样一则关于"闭月羞花"的对话，不能不引起我们的深思和检讨。

甲：我一来鱼就沉了。

乙：我一来雁就落了。

甲：我一来花都羞了。

乙：我一来月都闭了。

甲：我是酸雨。

乙：呵呵，我是废气。

洪流般的汽车，不知给绿色的大自然排放了多少有害的毒气，而它们似乎对此浑然不知，依然不懈地继续排放着。驾驶它们的人，或早或晚终将离开这个世界，重新回归被他们污染的大自然，可他们亏欠大自然的那笔巨额债务，又有谁去追讨呢?!

一次旅行途中，由于某种我所不知但又确信的原因（当然是各自的自私，即彼此仅考虑自己的利益而无视对方的利益），火车过道里发生了激烈的口头纠纷甚至肢体冲突。我关上了车门（尽管这时很多人特意打开了车门），而列车继续在既定的轨道上兀自前行。

由于某种原因（同理，各自的自私），世界上几乎每天都发生着恐怖袭击甚至武装争斗，而地球依然在宇宙的安排下自在地转动。

争吵阻止不了前行的列车，争斗也无法使地球停止运转，因为前者仅仅是人为因素操弄的结果，后者则受着大自然更高法则的支配。

对于自身心智半径范围以外的问题，人们是无能为力、鞭长莫及的。要解决这个问题，需要有能力跳出先前半径所圈定的圆周范围，以更为宽广的视野俯视全局，在更大的时空格局内找寻答案。跳出先前的圆圈，一切便会柳暗花明、豁然开朗。在大自然面前，人们能跳出多大的圆圈，他们的人生疆域就有多大。

被忽略的贵宾

　　作为人们追求的终极目标的幸福和快乐，就像一位我们慕名已久、渴望见面的贵宾。然而，由于我们总是忙于费时而世俗的推辞不掉（或者是半推半就的顺从）的迎来送往，没有太多的时间留给这位贵宾。我们忽略了、怠慢了这位贵宾，即使偶尔有空，邀请这位尊贵的客人进门一叙，可是轻松自在的会面却时常被随时可能到来的新的迎来送往所干扰、挤占。

　　其实，幸福平常而简单。她生就一副大众脸，穿着朴素，清雅淡然。她太平常了，随处可见，以至于人们总是对她视而不见，在大街上也不会向她投去哪怕是不经意间的一瞥，而是不自觉地将目光聚焦于珠光宝气。她简单得唾手可得，人人可取，可是人们却经常眼睁睁地看着她旁落他手，同时心怀艳羡、自怨自艾。她就像春日里从南方飞来的小燕子，等待着飞入寻常百姓家，可是人们却固执地以为燕子只会筑巢于富丽华贵的高堂，而在深思熟虑后依然礼貌地关上了大门，将晚归的燕子放逐于寒冷的黑夜。

　　我们不妨这样说，幸福并不是一位挑剔的、难以接近的贵宾，而是一位看似隐居却又经常现身的老太太。她是一位人老珠黄、衣服褴褛、步履蹒跚的老太太，照看着路边一个破败不堪的小摊，为过路的人们提供一些廉价而解渴的茶水。尽管一批又一批的旅客从她的摊前路过，可是很少有人光顾，因为人们认为这个小摊过于破旧和简陋，在此消费有失他们高贵的身份，因而一个个高昂着傲慢的头颅，不屑一顾地继续赶路。尽管如此，老太太总是面带慈祥的笑容站在摊前，恭候每个路人的大驾光临，并乐于为每个疲累的路人沏上一壶热茶，递上一把扇子，送上一张小凳。她是一位乐于倾听的、充满智慧的老太太，会耐心倾听旅客途中经历的奇闻异事，并报以温暖的笑容，还会免费为路人提供准确的气象资料和最佳的行车路线。可是，极少有人愿意在她这里停歇，给她讲故事，而是留给她飞速而过的模糊背影和高高扬起的清晰灰尘。

绝大多数急于赶路的人并不知道，在他们整个的旅程中，路边可以歇脚的地方大都是这种他们不屑光顾的小摊点，和这位看似有碍风景的老太太。

朋友，她不是您眼中那位衣服褴褛、步履蹒跚的年老妇人，而是您朝思暮想、梦寐以求的那位贵宾。那也不是您眼中的破旧不堪、简陋至极的小摊，而是您急于到达、想一睹为快的圣地。这位老太太和那个她日夜经营着的小摊点，永远都不会现出真身，只是以平静的眼神注视着过往的路人，为光临的旅客送上简单的茶水。可是，那看似廉价的茶水，正是神奇的琼浆玉液。甚至在你不经意间投去的那一瞥中，就已经饱含着幸福的气味，只是这气味被身旁"行如风"的路人们冲散了而已。

朋友，停下匆忙的脚步，放下自居的身份，去那位老太太的小摊前坐坐吧。她的小摊简陋而干净，她又是一位好客的老人，更重要的是，她不仅会给您送上解渴的茶水，还会给您带来意外的惊喜。

善良的种子

　　我们大多走在前人已经踩踏出来的路上，后人也将沿着我们踩踏出来的道路继续前行。一路随手栽树，哪怕只是一棵小小的幼苗，也可能成为后来者途中可以庇荫的参天大树。

　　每每遇到幼儿，我总会以柔和的目光迎接他那稚嫩的眼神。那稚嫩的眼神，包含着多少对世界的好奇、对万物的迷恋和对陌生人的亲善啊。而我们投给他们的对接眼神，哪怕是无意中的，都会影响幼儿对于外界的认定。冷漠眼神换来的，最初是幼儿的不解和怀疑，接下来就是重重的顾虑，最后则是更加的冷漠。生活中，不要冷漠而粗暴地封住他人向我们开启的善良之门。

　　勘弥是一位日本歌舞伎大师。在一次演出中，他将要扮演一位徒步旅行的游人。正当他要上场时，一个门生提醒他说："师傅，您的草鞋带子松了。"他回答了一声："谢谢你啊。"然后立刻蹲下，系紧了鞋带。当他走到门生看不到的舞台入口处时，却又再次蹲下，把刚才系紧的鞋带又弄松了。原来，大师演戏确实很细腻，他之所以再次弄松鞋带，是为了以此来表现这个游人长途旅行的疲惫状态。

　　一位正在后台采访的记者看到了这一幕，等演完戏后，记者不解地问勘弥："既然学生还不懂得演戏的真谛，你为什么不当时就指教他呢？"勘弥答道："别人的亲切关爱与好意，必须坦然接受。而要教给学生演戏的技能，以后机会多的是。在当时的场合，最重要的是要以感谢之心去接受他的提醒，并及时地给予回报。"①

　　只要我们静下心来略加分析，就会很容易发现这些生活中稀松常见的现象：长发飘飘的美女，从擦肩而过的路人的眼神中找寻虚荣而易逝的自尊；争相赶场的明星，从观众和粉丝那震耳欲聋、疯癫狂呼的喝彩中找寻存在的价值；而心如白纸的幼儿，只能从别人对待他的方式中领悟世界的冷暖，并秉持同样的冷暖度来对待他人。

　　在很大程度上，人是环境的产物。在性格上已然没有太多可塑空间的我们，应该为可塑性极强的幼儿送去更多的亲善，让他们体验到更多的美好生活，在他们幼小的心灵中播撒更多善良的种子。

---

① 张健鹏、胡足青主编：《虚掩的门全集》（小中见大·智慧文丛），九州出版社 2009 年版。

外在服饰与内在灵魂

在物质高度丰富的现代社会，你当然可以花钱买来昂贵华丽的衣服，做成光洁无瑕的皮肤，涂抹或浓或淡的脂粉，也可以买来用以塞满书柜的成套巨著，但你无法买来高贵典雅的气质、恰当得体的举止和游刃有余的智慧。因为在很大程度上，后者是一种内置的修养，是一个人内在涵养情不自禁地自然散发，它无法进行简单的复制、移植和灌输，只能来自于长期的修炼、反复的积累和惯性的灵动。我们也可以说，你不能凭借一个人外在的、浅表的衣着来判断他的内在品质，因为这种衣着有可能是做作的、有意的卖弄，与高贵的内隐气质完全是两回事。

衣服旧了可以买新的，鞋子破了可以换一双，你只需要打个电话、在网上提交订单，或者去商场直接选购，它是一种简单的物理性的行为。而上述方式不能买来智慧和气质，因为它们是一种复杂的精神性的行为。

衣服包裹着的仅仅是人的躯体，而品质包裹着的则是人的灵魂。再精美华丽的衣服，都难掩灵魂的粗俗，甚至会弄巧成拙、适得其反，放大这种粗俗的程度；而一个拥有高贵灵魂和良好修养的人，根本无需华丽服饰那画蛇添足式的赘述，因为高贵灵魂和良好修养本身已是华丽的服饰了。

尽管随着时代的发展，衣服的功能被极大地拓展了，但我始终认为，衣服的终极功用和最大价值仍是遮羞。就像交通工具无论如何更新，它的首要价值始终是走路一样。

衣服犹如盛装东西的袋子，最多也只是一个袋子，品质则好比一个人的名片。现在的人们，似乎过多地关注着不断翻新的袋子，而忽略了印制独一无二的名片。殊不知，袋子再多，都只是装着同样的东西，而名片则难以复制。试图用外在的华丽来掩盖内在的贫瘠，只能是一种徒劳。

日常生活中，那些拥有光鲜服饰、豪华别墅和高级地位的人，通常被称为成功人士，并被人们以艳羡的目光追逐和聚焦。殊不知，在大自然眼里，每个人都是平等的，平等得毫无差异，就像无论是安拉的子民，还是上帝的信徒，他们的血都是红色的；就像无论是富商豪贾，还是街头乞丐，他们的影子都是黑色的。

可以想象一下，在偌大的公共澡堂里，我们看到了众多赤身裸体的人，他们都在做着同样的事情，并在时光中定格下来：在喷头下冲水，在浴池里浸泡。水流冲乱了富豪精心修饰的发型，也洗净了乞丐满是灰尘的发梢。在水流的冲击下，人们呈现出一种趋同的特征。花洒毫不介意人们的身份地位，也不去计较他是成功人士还是穷酸之人，它只是公正而平等地将温暖的水花喷洒在人们身上，为人们带来舒适的沐浴享受。

我的朋友，你能在这赤身遍布的公共澡堂里分辨出谁是万众瞩目的成功人士，谁是垂头丧气的歹运弃儿？就像在沉睡着众多新生儿的育婴房内，你能分辨出谁是将来叱咤风云的英雄豪杰，谁是流浪街头的盗窃惯犯？

第三部分

友谊，旅途中的同行者

曾经收到过这样一条短信，感触颇深——何谓朋友？朋友就是那么一批人：是你不容易忘掉的人，是你痛苦时第一个想到的人，是给你帮助而无需言谢的人，是你惊扰之后不用心怀愧疚的人，是你败走麦城之后不对你冷漠无情的人，是你步步高升而对你的称呼从未改变的人。高尔基说，最好的朋友是那种不喜欢多说，却能与你默默相对而又息息相通的人。是啊，负重行进的路上，我们不可能从始至终独自前行，而需要志同道合的同行者。

一、缘分天空：相逢是首歌

　　朋友是美丽的邂逅，是上天的恩赐，是先天注定的相逢，是由无法复制的共同记忆所造就的。人生旅途中相随相伴的快乐时光，成为彼此珍贵的经历，这段经历将被同时收录于两人的脑海，成为他们共同的记忆，人们正是凭借这种共同记忆成了朋友。它就像一个典故，一个象征，一张名片，一个标签，只要出示，马上就可以检索到熟悉的往事，还有那亲切的感觉。

狼孩的启示：一个真实的故事

1920 年，在印度加尔各答东北的山地，科学家辛格等人在狼窝中发现了两个孩子，并送到了附近的孤儿院。大的约 8 岁，取名为卡玛拉；小的约 2 岁，取名为阿玛拉。到了第二年，阿玛拉就死了，而卡玛拉一直活到 1929 年。这就是曾经轰动一时的"印度狼孩"。狼孩的生理结构和身体发育同一般儿童没有多大差别，但其心理活动方面却和常人相差甚远。卡玛拉和阿玛拉返回人间时表现的完全是"狼性"：四肢行走，昼伏夜行，用双手和膝盖着地休息，害怕强光，每到深夜就号叫，怕火、怕水。后来，经过辛格等人的悉心照料与教育，卡玛拉两年之后才学会站立，4 年才学会了 6 个单词，6 年才学会了直立行走，7 年才学会了 45 个单词，到 17 岁死时，卡玛拉的智力仍然只相当于 4 岁儿童的水平。

为什么狼孩的生理结构、身体发育与一般儿童没有多大差别，而心理活动方面却和常人相差甚远呢？就是因为她们脱离了人类社会的正常生活，没有正常的人类生活经验和交往经历。可见，人是社会中的人，离开了社会交往，就难以成为真正意义上的人。

美国密执安大学调查研究中心的流行病学专家对该州 2 700 多人进行了长达十多年的研究，探寻社会关系对死亡率的影响。他们发现，那些经常和别人在一起、与社会接触多、热衷于社会公益活动、性格活泼的人，大多健康长寿；而那些孤独、寂寞缺少社会关系的人，死亡率是正常人群的 2.5 倍；那些既喜欢孤独又与社会毫无接触的人，死亡率则为正常人群的 5 倍。

人际交往就是人们在各种具体的社会领域中，通过人与人之间的接触建立起来的心理联系，反映在群体活动中，就是一种人们相互之间的情感距离，以及相互吸引与排拒的心理状态。人是社会的人，社会属性是人最重要的属性，也是人区别于其他动物的最根本的标志。正是在社会中，"人"才具有了更加清晰而明朗的意义。每个人都是集体大海中的一滴水，大海赋予了水滴以清晰的意义，也规定了水滴的咸度、颜色和质量。离开了大海，任何一滴水都会很快蒸发，难以自我保全。从这个意义上说，任何人都离不开人际交往。

途中帮助我们的旅伴

人生的旅途上，谁都有体力不支的时候，谁都有心绪不宁的时候，而那些真正的朋友，总是在我们体力不支、心绪不宁时，及时地给予我们力所能及的帮助，使我们有更大的勇气走下去。

因为步速不同而偶尔相遇、伴行的人，不是同行者；因为口渴而一同在路边小店消暑纳凉的人，不是同行者；因为问路、寒暄而偶聚一起的人，也不是同行者。一位路人要成为我们的同行者，不仅要与我们伴行一定的时间和旅程，而且要与我们具有相似的欣赏风景的眼光和品味风景的角度。

然而，同行者并非仅指物理意义的道路上的同伴，更重要的是心路上的精神密友。他可能在某个阶段与我们相遇相识，并在命运的安排下各奔东西，各自走在自己的道路上，但只要两人走在了同一条心路上，他们依然是同行者，而且是更为坚定和持久的同行者。他可能不在我们的身边，但只消一个电话、一条短信的召唤，就会立刻并归一条心路，打开彼此不设防的心扉，共享重逢的美妙时刻。甚至无须便捷的现代科技，他们始终带着彼此的心念上路，就像从未分别一样。

他们以各自的方式帮助着对方，但这种帮助绝不仅限于物质，更多的是一种精神鼓励。在我们沮丧绝望时，他以不经意间的警句式格言帮助我们走出低谷，阔步向前；当我们孤独落寞时，他以春风般的问候驱走我们心中的阴云，重现万里晴空；当我们自鸣得意时，他又以铁面般的冷静撕开我们虚荣的面具，使我们羞愧难当。当彼此产生小误会时，双方都会不自觉地拿起放大镜查看自己的错误，而用相反的方法查看对方的错误，无须过多的饶舌解释，一切自会烟消云散。他们不会因为一个小小的争端而损毁一段伟大的友谊，否则，曾经的交情也就不配称做友谊，彼此也就不能算做真正的朋友了。正如印度的一句格言所说：敌人不信你的解释，朋友无需你的解释。

真正的朋友，是以这样的方式帮助你的人：在你快意人生时，你不一定会想起他，他也不一定会像其他人那样为你送来或真或假的祝贺；而在你失意落寞时，你一定会首先想起他，他也一定会在第一时间出现，并一直"在线"，伴你左右。他也许一贫如洗，却会慷慨地给予你力所能及的最大帮助；他也许伶牙俐齿，却会选择默默地轻拍你的肩膀；他也许公务缠身，却总会抽出时间陪你共渡难关；他也许多愁善感，却会为你绽放灿烂的笑容；他也许弱不禁风，却会勇敢地为你扫除前行路上的障碍。

他就是你旅途中真正的同行者，就是为你遮风挡雨的同路人，似乎是上天特意为你量身定做的意料之中的惊喜礼物。无需饶舌，一切都心领神会；不必言谢，一切都心有灵犀。可遇而不可求的密友，就像那迷途中闪现的曙光，就像那失散多年的亲人，总会在不经意间让我们激动不已、热泪盈眶。

朋友无须明示，一个眼神足以告诉彼此所有的秘密，一句问候足以消融心海的坚冰，一抹会心的微笑足以启动友谊的引擎。在平淡如水的生活点滴中，他们已然收获甘如蜂蜜的快慰。

己之所无，何以施人

　　迷雾重重的人生旅途上，我们可能误入歧途，而那些及时指导我们步入正道的人，才是真正的朋友。正如新东方的创始人俞敏洪说的那样，身边有好朋友的话，可以开阔你的心胸，拓展你的视野，增加你的思想，对你来说是很重要的。交朋友，千万不能结交那些只知道喝酒吃肉，而不能给你的生命带来意义的人。

　　我们不可能带给别人自己所没有的东西。心中没有阳光，就不可能带给别人阳光；心中没有爱，就无法带给别人爱；自己没有技能，也就无法传授技能于人。正如一位哲人所言，要想成为教育者，自己首先得接受教育。打个比方，要想成为一位合格的母亲，不可能寄希望于一觉醒来之后，摇身一变而自然拥有合格母亲所应该拥有的一切品质；要想成为学生的良师益友，不可能从一个误人子弟的画面而镜头一转，顿时成为传道授业的人师楷模——无论多么高明的公鸡，都无法教给老鹰飞翔的技巧。

天使与禽兽

　　人各有长，亦各有短，哪怕它细小得微不足道。可以这样说，每个人都具有任何别人所不具备的某些优点，也都具有不如任何别人的某些缺陷。我们与其强行区分谁是好人、谁是坏人，倒不如区分谁是拥有缺陷的好人、谁是拥有优点的坏人更为确切一些。正如对于一匹斑马，我们很难说出它究竟是白底黑纹还是黑底白纹一样。

　　可见，想把自己修炼得适合于每个人，是一种永远都无法实现的异想天开，是不可能完成的任务，也是徒劳的妄想。因为世界上没有"纯白"或"纯黑"的人，否则就不成其为人了；也没有"纯白"或"纯黑"的斑马，否则也就不成其为斑马了。

　　帕斯卡尔说过，人既不是天使，也不是禽兽，但不幸就在于，想表现为天使的人，却表现为禽兽。"灰"，甚至"灰黑"都没有太大关系，重要的是要面向"洁白"，走向明媚的阳光，而不是面向"乌黑"，走向漆黑的夜里。那些提醒我们远离"灰色"、追求"洁白"的人，就是值得我们珍惜的同行者。

鼓励我们前行的人

漫漫征途上，谁与我同行，谁是我真正的、贴心的、长久的同行者、同路人？这是一个值得认真思考的问题。

仅靠共同利益捆绑起来的人，不是真正意义上的朋友，而是名利场上的伙伴；只凭精美名片联结起来的人，不是真正意义上的朋友，最多只能算做熟人；偶然邂逅并感觉良好的人们之间，也不是真正意义上的朋友，只是夏日里吹过身旁的一股凉风。

真正的同行者，是无话不谈、心有灵犀、志趣相投的知音。正如爱默生所言："只有两个人单独在一起，才能进入一种更加单纯的关系。然而，决定哪两个人交谈的，却是性格的近似。"① 知音不贵多而贵真，不贵近在咫尺，而贵天涯比邻。同行者并非指的是单纯的物理意义上的同路人，更多的是指心理意义上的精神密友。尽管彼此的路线不同，但在你彷徨、困惑、无助时，一个真正的知音总会及时出现在你的身边，要么本人到场，要么委托他的灵魂如约出席，为你带来内心的安宁。正如爱默生所言："只有我在自己前进的道路上相逢的灵魂，才能做我的朋友，只有我们相互都不拒绝、在同一条黄纬下出生、在它自己的经验里重复着我的一切经验的灵魂，才能做我的朋友。"②

繁重的工作和纷杂的事务有时难免压得我们喘不过气来，这时，朋友发来的一条温馨短信，可能会将这些烦恼一扫而空。2011年5月的一天，我情

---

① [美] 爱默生著，薄隆译：《爱默生随笔》，华文出版社2010年版，第131页。
② [美] 爱默生著，薄隆译：《爱默生随笔》，华文出版社2010年版，第94页。

绪不佳，心绪不宁，这时收到好友高晓红来看上海的短信："如果你可以凝望着窗外随风摇曳的树叶而陷入沉思，那表示你还年轻。"我的办公室外面，正好有棵高大的榕树。我努力说服自己放下手中的工作，专注地看着窗外嫩绿的榕树。那棵枝繁叶茂的榕树，定然有着自己的故事：当它还是一株幼苗时，不知那时的它生长在哪里，那时在它旁边的兄弟姐妹，不知如今身处何方；这棵历史久远的榕树，曾经见证了学院发展的一个个里程碑，它的心里，一定装满众多难忘的往事；此刻在春风中轻歌曼舞的它，似乎是为了平复我那颗动摇的心……凝望沉思中，那不佳的情绪慢慢消失得无影无踪了，我要向这棵高大的榕树致谢，也要向我的好友高晓红致谢。

二、与谁同行：一路上的旅伴

我们都是根据自身的喜好来选择、取舍朋友的。在学生时代，我喜欢谁就和他常待在一起；我不喜欢谁，避开就是了。可是，在同一个单位工作的人，抬头不见低头见，我们不可能仅凭自己的好恶而让那些我们不喜欢的人消失得无影无踪。其实，谁都不是完人，当我们大发感慨地"谴责"某人时，可能也在接受着他人的"谴责"，就像那句俗语所言：谁人背后不说人，谁人背后不被说？

识别"同心人"的难度

　　同心方可同行。没有相同或相似志向的偶聚一起的人，即使热闹非凡、场面宏大，也难以成为人生之路上真正的旅伴。同心，就像一种功能强大的黏合剂，将本为陌路的人们紧紧地结合在一起，一路互相照应，并时常分享彼此的旅途感受。

　　那么，怎么评判一个人是不是"同心者"呢？唯一可行的方法就是根据他的所作所为。这就出现了两个问题：第一，有时在他身上相继出现了（对于同一个问题）两种截然相反甚至三种以上异质而不合的品质（如考场中有时严格遵守纪律而规规矩矩，有时完全无视纪律而胆大妄为，有时根据实际情况而偷偷作弊），你又该如何作出取舍和判断呢？第二，即使我们在他身上看到的是完全同质、同向的品质（尽管这种情形很少见），但是，我们看到的仅仅是他所有外显行为中的一部分，甚至是一小部分，因为很多时候他的行为并没有直接地、全部地呈现在我们面前（如下班后、放学后、独自外出时），那么，我们对他的评判是不是全面呢？我们能够依据自己所看到的一部分品质，来推定他的全部品质吗？

　　不要紧，人们找出了一个词，用来表示一个人的稳定态度和习惯化了的行为方式，这个词被人们称为"性格"（character），它是个性的核心内容。一个人在相似情境下所表现出来的一致性较高的行为模式，就构成了他的性格特征。但是，即使这种稳定态度和行为方式对于该个体很有代表性，我们怎么知道这就是能借以推定其整体品质的绝对主流呢？

实际上，人的性格是不断变化的，人们的既往经历，即已经发生的事情，成为构成其性格的原料；而人们的后续经历，即将要发生的事情，成为印证和修正其性格的材料。

足球比赛中有句话：没到最后一分钟，比赛就没有结束。说的就是，在足球赛场上，什么情况都可能发生，一个看似很小的无关紧要的细节，可能改变甚至完全颠覆比赛的进程和结果。在人生的旅途上，同样存在着诸多不确定性，没到"盖棺定论"的最后时刻，谁都难以——也无权、无法——对他人进行最终的、最全面的综合述评，更何况这种综合述评所依据的材料，是一个人全部生活内容当中很少的一部分呢？更何况综合述评者也是变化的，也还没有到自身被"盖棺定论"的时候呢？

我并没有说我们不能认识他人，也并没有说人人都不可信。我的意思是，全面认识、准确评价一个人，是一件很困难的事情，绝非数学题目那样拥有唯一的终极答案；我的意思是，我们所看到的、听到的，可能是真实的，也可能是虚假的，也可能是真假参半的；我的意思是，我们所看到的、听到的，哪怕是亲眼所见、亲耳所闻，都只是一个人行为样本中的一小部分，而且这一小部分之所以成为我们所见、所闻的样子，还可能是他精心装扮的结果，是他想让我们见到、听到的样子呢。

看来，要全面、客观、准确地认识一个人，就不能仅仅看他对你说了些什么，还要看他对你做了些什么；不仅要看他一段时间内对你怎么样，更要看他一直以来对你怎么样；不仅要看他对你怎么样，更要看他对除你之外的其他人怎么样。这样，就把"你"与他人区分了开来，就会更为客观地看待"他"，也就会更好地判断"他"是不是你理想中的朋友。

因志趣而类聚的旅伴

俗话说，物以类聚，人以群分。相同的志趣就像一本久遭冷落的经典书籍，会将一批相似的读者吸引过来。当然，同好并不意味着百分之百的耦合，而是一群真正旅伴之间的最大公约数。真正的旅伴，在意更多的是彼此的交集，而非彼此的差异。

茫茫人海中，我们在找寻熟悉的身影，却经常被淹没在摩肩接踵的人潮中，久觅不得；功名利禄中，我们在找寻安静的角落，却经常被挟持于机关算尽的事务中，无力摆脱；心力交瘁中，我们在找寻停泊的港湾，却仍四处漂泊于沉浮的海面，无功而返。这熟悉的身影、安静的角落和停靠的港湾本不是什么遥不可及的奢侈品，其之所以终究求而不得，乃在于我们患得患失的浮躁的内心，人为地提高了"患失"的心理成本。

一次，乘坐火车回老家，途中有很多与我短暂同行的旅客，中途不断有人上车下车，来的来，走的走，终点下车的人并不多。一个个熟悉或陌生的地名从我的眼前一晃而过，对于我来说，它们仅仅是过客而已；而对于它们来说，我又何尝不是转瞬即离的匆匆过客？我与途经地的人们都是彼此打了一个短暂的照面罢了，我会继续我的旅程，继续途经别的地域，他们也会继续自己的生活，继续照会别的旅客。假如我即兴而随机地在中途某地下了车，这将会是一趟不同的旅行。我们为了抵达出于各种动机而事先设定的目的地，放弃、错过了多少美丽的风景啊！

此辈不是我的同路

这样的人，我不愿与之为伍，结伴而行，风雨同舟——

他们彼此挖空心思地让对方喝下那种他们称之为感情的酒，在一番豪言壮语中拍胸承诺，在丑态百出中宣示交情，之后踉踉跄跄地兀自走入各自的家门，醒来之后，又将之前的豪言壮语忘得一干二净。

他们似乎在喧闹的推杯换盏中情同手足，而在夜深人静中面对自己的灵魂时，又将彼此完全抛诸脑后。

他们可以同甘，可以在风和日丽的春天一同走在广阔的田野里，却不能共苦，不愿在寒冷的冬夜为对方送去一句简单而温暖的问候。

他们像变色龙一样，当然有着超强的环境适应能力，可是我要说的是，它缺乏自己的本色，从来都是被外界牵着肤色走。

他们可以一起欢笑，却不能一起哭泣。

他们只是在百无聊赖时才凑到一起，或者为了碰头而寻找虚假的理由，而在彼此真正需要救助时却又退避三舍，紧锁自己的房门。

他们热衷于窥视、打听和传播他人的隐私，而当他们听到别人在说自己的隐私时，哪怕只是一个字，却马上暴跳如雷，并予以怒不可遏的反击。

他们在不便藏身的大庭广众之下做着虚假的好事，自鸣得意而唯恐无人知晓，却在伸手不见五指的黑暗中干尽真实的坏事，惴惴不安而生怕真相败露。

他们依靠虚假的交情和真实的利益相联系，并将这种联系美其名曰友谊。只有在喧闹的场合，他们才能找到自己，殊不知灵魂的自我只是在独处静思时悄然现身。

　　在我的路上，即便这些人苦口央求搭上我的便车，我也会不屑一顾，并向他们投去鄙视的目光。让他们搭上那些"自己人"的便车吧！我不是他们的"自己人"，我只是一个赶路者，一个孤独的赶路者，一个清醒的夜行人。

旅行中彬彬有礼的人

　　旅行中，我们之所以碰见的大多是彬彬有礼的人，那是因为彼此还不够熟悉，都不自觉地收敛起各自最尖硬的锋芒，而仅以人们都有的各类锋芒的公约数——也就是教化所成的基本准则——来示人。对于旅行中我认定的粗俗行为，我更多地认为那是他当时不佳的心绪所致；而对于人们公认的粗俗行为，我则更多地认为他们即使不在这与我同行的旅程中，也同样会有如此"上佳的"表现，旅行还是不旅行，他们都会那样的。所以，我宁愿他们更多的时候待在家里，因为他们一旦选择出行，其看似不经意间、下意识的粗俗行为——也就是对他人存在的冒犯和漠视——会招来周围人们对他所在的"类别人群"的当然判读。人们习惯于从个人的身上解读他所在的"类别人群"的概略品质，不管是好还是坏。从这个意义上来讲，我们与其说各类自然、人文景观是一个城市的精美名片，毋宁说各个城市的市民是该城市的最好名片。

同事与朋友

所谓同事，《现代汉语词典》中的解释是指在同一个单位工作的人；所谓朋友，《现代汉语词典》中的解释是指彼此有交情的人。古人说："同志为友。"根据我的理解，朋友的"交情"程度应不止于此，而是志趣相投、心心相印的"同类项"（很多我们在生活中口口相称的所谓朋友，最多只能算是熟人，甚至连熟人都算不上，而且熟人之间会随着彼此利益格局的变化而呈现动态更新的流动性质）。

看来，同事与朋友是两回事儿，而非同一个概念。

每天抬头不见低头见的同事，并非都是我们的朋友，因为大家之所以聚合在一起，乃是由于专业相近、职责所需等工作或生计方面的原因，而非志趣相投、性格接近等心理和价值方面的原因。我们可以非常赞赏一位同事超强的业务能力和非凡的人格魅力，但假如他与我们的志趣相去甚远，我们也难以和他成为心心相印的真正朋友，而只是对他持有某种客观的心理认同和价值评判而已。

我并不否认同事也可以成为很好的朋友，但必要的前提则是我们必须具有相同的价值体系、兴趣爱好，这是一个无法绕过的标准。它是一个过滤器，用以筛选和甄别自己的"同类项"；也是一种黏合剂，使得我们能够和这个"同事式朋友"实现心灵的无缝连接。也就是说，朋友的条件更为苛刻，门槛更高。哪怕是一个其乐融融、团结一致、效率极高的工作团队，也不见得其中的每个人都是我们的朋友。

对于接触机会较少的双方来说，交往的效果、彼此给对方留下的感受，更多地取决于第一印象，无论这种第一印象是好还是坏。而对于接触机会较多的双方来说，交往的效果并不在于单次交往持续的时间长短，而在于长久以来交往的频繁程度。正如俗话所说，远亲不如近邻。可是，也有经常吵架甚至老死不相往来的邻居啊！是不是自相矛盾了？别急，并不矛盾。我们似乎可以，也只能这样说：在心理的意义上，我们正是通过频繁的交往来推断、确定和验证他人是不是我们真正的朋友。如果不是，即使交往机会再多，我们也会与他保持适当的距离，而不会主动靠得太近，或者让对方过于靠近我们。

日常生活中，我们经常可以看到这样一种现象：我们真正的朋友中，除了一起成长玩耍的发小、没有功利色彩的同学之外，很多是同事——尤其是不在一个科室（或者是同一科室而具体分工不同）的同事。同一个科室的同事，由于利益方面不可避免的冲突和彼此知根知底的接触，相对来说矛盾也就更为突出一些。而非同一科室的同事，由于并无直接的利益冲突，加之同处一个单位，交往频度较高，所以一旦在交往中发现匹配于自身志趣、价值的熟人，就会有一种将其纳入自己朋友范畴的冲动。

难怪有人这样开玩笑，如果你想让两名同事的关系降温，那么，就把他们放在同一个办公室吧，最好是同一个小组。

位子与里子

　　同行的路上，免不了会接触大大小小的各级领导。拥有巨大人格魅力的领导，即使不在位了、退休了，我们仍然记得他；而缺乏人格魅力的领导，即使满脸堆笑，我们也可能认为那是装出来的，并敬而远之。

　　平日里，我们可能会见到这样一些高高在上的所谓的领导者，由于长期以来习惯了被众人前呼后拥、毕恭毕敬、点头哈腰地"尊敬"着，习惯成自然，久而久之，他们就真的以为自己是无所不能、受人敬仰、万众瞩目的人物了，并刻意或无意中摆出一副不可一世、咄咄逼人的架势，以为那些他俯视惯了的人，都是其可以随意支配的廉价资源，都是懒得看上一眼的无名小卒，都是不屑一顾的一片脑袋。殊不知，人们敬仰、瞩目的并不是他个人，而是他所坐的那个位子，他只不过是暂时占据了这个位子罢了。正如美国作家爱默生所言，我们尊敬的并不是他，而是灵魂，他只不过是灵魂的器官。

　　如果领导者不注重修炼自身的人格魅力，总是以权压人、以势欺人，一旦他离开了这个位子，昔日门庭若市的热闹场面将顿时沦为"门前冷落鞍马稀"的惨淡场景。一些人一下子接受不了这种巨大的心理落差，在暗自神伤中被病魔轻易击倒。

　　如果下属不注重提升自己的职业道德和业务技能，总是企图在察言观色、溜须拍马中博得虚荣的领导者一笑并从中牟利，那么一旦更换了领导，他们将会立刻调整方向，一改毕恭毕敬的对象，又会对同个位子上的新主人主动献上前呼后拥、低头哈腰的"尊敬"。一个精明的随从，绝不会放过任何一个博得上司宠信的机会。上有好者，下必甚焉。看来，要想成为一名优秀的领导人，必须做出必要的牺牲。

《斯隆先生爱好什么》① 这篇短文就很好地说明了这个问题。

斯隆先生曾任美国通用汽车公司总裁，也是美国历史上第一个真正专业的经理人。他年轻时爱好交友、游玩，是个交游广泛的人，有许多好友和死党。但是他担任通用总裁以后，却把自己孤立起来，不与下级主管亲近，对他们都以礼相待，保持同样距离。

斯隆在担任总裁的 50 多年内，没在公司结交一个朋友，和他经常出游的好友克莱斯勒曾是别克的总经理（别克是通用的著名品牌），他和斯隆的情谊，也是在他离开通用之后才建立起来的。斯隆说：

"没有人喜欢孤寂，我也喜欢交友，喜欢身边有个伴，可公司给我高薪，不是让我来交朋友的，我的工作是评估公司里的人表现如何，从而做出正确的人事决策。假如我和共事的人有交情，自然就会有好恶之分，会影响我做决定。责任在身，我不得在工作场合建立私交。"

不仅如此，斯隆不在公开场合谈及爱好和家人。在介绍他的书中，他不让编辑加入介绍其家庭、童年和早期生涯的文章。因此，人们看到的斯隆是一个标准的专业的经理人，严厉刻板、专注工作、不讲感情、毫无情趣。

正因为如此，斯隆手下有 35 位风格迥异、各有特色的高级主管，成为通用的活力源泉。他们都有自己的想法，他们不知道上司喜欢什么，就不会因上司的喜而喜，也不会为了讨好上司的喜好而隐藏真实的自我。

每个人都有爱好，也有爱好的权利。作为一个自然人，你可以

---

① 林夕：《斯隆先生爱好什么》，《新华日报》2003 年 7 月 26 日。

随意爱好什么；可是作为一个领导，则无权爱好，你得把爱好隐藏起来。因为你的爱好，就是别人进攻你的缺口。

领导者要想赢得下级的尊敬，应该不断丰富自己的"里子"，在恪尽职守、造福一方上下工夫，而不是沉迷于"位子"，沉醉于或真或假的喝彩声。对于领导的尊敬，应该是发自内心的，而不是夸张的排场、刻意的歌颂和另有所图的献媚。

三、风雨同舟：善待同路人

新东方创始人俞敏洪在北京大学演讲时，曾经说过这样一句话：这个世界就是这样，你对一个人好，他会把一部分"好"还给你，你对十个人好，每个人都会把一部分"好"还给你，这样，你的"好"就多得不得了。[1] 现实生活中，尽管我们善待他人，并不一定会相应地换来他人的哪怕是不成比例的回报，但我们依然要像特蕾莎修女那样，一如既往地善待他人，更何况他是你的旅伴呢？须知，善待他人，并不是你和他之间的事情，而是你和自己的良知之间的事情。

由于经历所限（在某一时刻，我们只能走在某一条而不是另一条路上），我们在旅途中已经错过了很多真正的旅伴，就更应珍惜身边的朋友。相逢是首歌，即便是擦肩而过的路人，也是上天赐予我们的福分；旅途中与朋友那美丽的邂逅，更是一种精妙的缘分了，每个人都应怀着庆幸之心，加倍珍惜这种缘分。

---

[1] 《北大讲座》（第22辑），北京大学出版社2011年版，第39页。

重拾诚信

诚信，犹如一张名片、一个品牌，它意味着庄严的承诺和勇敢的担当。无论一个人的名片多么光鲜、精美，没有了诚信，我们也会毫不犹豫地将他的名片丢入脚旁的垃圾桶。

诚信，可以分为"诚"和"信"。"诚"是真诚，主要表现为"心口一致"；"信"是守信，主要表现为"言行一致"。而所谓诚信，就是真诚的态度和良好的信用，要求交往双方都要做到讲老实话，办老实事，做老实人，实事求是。

诚实守信是做人的根本，如果整天演戏，活得很累，也得不偿失。我不知听到了多少次这样的对话：在广州的大街上，人们接听着手机，以责备的语气大声地说着："我在外地出差，你来广州为什么不事先告诉我一声？下次千万别这样了。"我真的想象不出，假如电话中的那位朋友——如果可以称为朋友的话——突然出现在他的面前，将会是何种景象。

英国作家哈尔顿为编写《英国科学家的性格和修养》一书，曾经走访了达尔文。哈尔顿问：您的主要缺点是什么？达尔文回答：不懂数学和新语言，缺乏观察力，不善于合乎逻辑的思维。哈尔顿又问：您的治学态度是什么？达尔文回答：很用功，但没有掌握学习方法。我们试想一下，达尔文作为蜚声全球的大科学家，在回答作家提出的问题时，要是哼哼哈哈，说几句不痛不痒的话，甚至为自己的声望再添几圈光环，又有谁会提出质疑呢？但达尔文不这样，他丁是丁，卯是卯，自己的缺点是什么就是什么，不隐藏自己的不足。

在诚信缺失的环境中，即使周围的人都因为担心有所失而不讲诚信，我们也应该坚守自己的做人底线，做一个诚信的人。哪怕这是一曲刀尖上的独舞，我们也应认真地、尽可能长期地舞动下去，直到有足够多的舞伴，直到不再需要这种舞蹈，并期待着这一天早点来到。那时，人们将在更多的利他行为中收获心灵的果实，将在丰富的精神生活中体验内在的安宁。

诚信是一种道德良知。诚信的缺失，实际上是良知的缺失。假冒伪劣产品不是自生的，而是由具有假冒伪劣人格的人制造出来的。有些良知缺失者在骗局被人揭穿之后也会反思，但这种反思经常成为一种后悔：他们不是后悔自己布设骗局的卑劣行径，而是后悔那个骗局不够周全，没有达到天衣无缝的地步。这何尝是反思，这是在心中策划更大的骗局！

前行的路上，我们要重拾诚信。即使周围的很多人都不讲诚信，我们也别忘了美国总统林肯的这句话：你可以在所有的时间里欺骗一部分人，你也可以在一段时间里欺骗所有的人，但你永远不可能在所有的时间里欺骗所有的人。

以什么样的"礼"待人

我总认为，所谓礼节，就是以他人能够理解的方式表现出来的对他们的尊重，包括以平等视之的心态承认、理解和包容人的各种差异，哪怕这种差异可能是令我们匪夷所思的。

由于遗传因素、先天禀赋和环境经历的不同，每个人都有着各自的爱好、兴趣、性格和价值取向，这本是无可厚非、再正常不过的事情。而人们之间冲突的最大来源，就是忽视甚至抹杀了这种客观的差异性，强行要求他人与自己保持一致，以自己的价值标准框定他人，这其实是交往中的一种法西斯主义。

以礼待人，平等待人，是对他人的尊重，是一种修养，也是一门学问。这是一个真实的故事：一次，英国王室为了招待印度当地居民的首领，在伦敦举行晚宴，那时还是"皇太子"的温莎公爵主持了这次宴会。宴会中，达官贵人们觥筹交错，气氛融洽。可就在宴会将要结束时，侍者为每一位客人端来洗手盘，印度客人们看到那精巧的银制器皿盛着亮晶晶的水，就以为是喝的水，端起来一饮而尽。作陪的英国贵族目瞪口呆，不知如何是好，纷纷把目光投向主持人。温莎公爵神色自若，一边与客人谈笑风生，一边也端起自己面前的洗手水，像印度客人那样"自然而得体"地一饮而尽。接着，大家也纷纷效仿，本来的难堪与尴尬一扫而光。

与朋友之间平等相待，和谐相处，就是要承认、理解和尊重人们之间的差异，正如季羡林先生所说的那样，最好是"各人自是其是，而不必非人之非"①。

鉴于许多身体健全者苦恼于在工作中应该如何正确对待残疾人士，美国肢障儿童协会（National Easter Seal Society）提出了与残疾人交往的一些礼仪。该协会建议，人们应尽量采取自然和开放的态度礼待残疾人士，并对如何做到这一点提供了如下指导意见：

1. 直接与残疾人士对话，而不是与其陪同人员对话。

2. 不要假定残疾人士需要帮助。如果他行动艰难，可以询问他是否需要帮助。

3. 与坐在轮椅中的人谈话时，请你调整到与他眼睛同高的位置。

4. 与弱视者谈话时，要表明你自己以及你身边的人。

5. 若有以上未列出的情况，就像对待其他任何人一样对待残疾人。

实际上，最普遍的礼仪和礼貌原则，就是设身处地地为他人着想。

---

① 季羡林：《季羡林读书与做人》，国际文化出版公司 2009 年版，第 283 页。

穿越时空的因果联系

　　北美洲有一种体积不大的小猴叫树猊，它们在寻觅果子等食物时，都是好几只猴子首尾相连，或站在其他猴子的身上；高处够不着时，它们都争相伏在地上，让同伴踩在自己身上去吃果子。当树上只有一个果子时，它们也是这样，把觅食的最好机会让给同伴。动物学家研究发现，树猊体态弱小，行动缓慢，几乎没有抵抗自然界强敌的本领，然而在几千年漫长的历史变迁中它们不仅没被淘汰，反而更加生机勃勃。其中最主要的原因就是它们之间没有相互残杀，从来都是和睦相处，即使大敌当前，也都是争着把生的机会留给弱小同伴！

　　现实生活中，尽管存在着一因多果、一果多因、有因无果、因果交互等各种复杂的因果关系，但不可否认的是，任何一件事情，哪怕它再不起眼，再平白无故，再出人意料地"突兀"，在它的背后总有着促成它的缘起。也可以这样说，世界上没有无缘无故的"果"。

　　有的"因"一目了然，脉络清晰；有的"因"纷繁纠结，犹抱琵琶半遮面，经过一番条分缕析方可逐渐浮出水面；而有的"因"似乎永远保持静默状态，怎么也无法与当前的"果"联系起来。很多时候，正是这静默的"因"，才是真正的致"果"之"因"，只因这个"嫌犯"藏得太深，离你太远，一直以极其普通的装扮混迹于茫茫人海，致使你认不出来而已。

　　而一个人能够在多大的时空范围内精准地透析其中的因果关系，他的人生疆域就有多大。人生疆域就是境界、视野，宏大的人生疆域，使我们得以站在更高的"观景台"上，俯视过往的人生景致，清晰定位目前的人生处境，合理规划未来的人生蓝图。也唯此，才能在不经意的热心助人中收获意想不到的成果。

2011年10月的一天下午，单位组织观看的教育资料片中有一个关于航天英雄聂海胜的故事。他中学期间曾经一度辍学，当时的班主任杜老师上门将其领回学校，才造就了后来我国的航天英雄。

一个很小的善举，哪怕不费吹灰之力，哪怕在当时看似微不足道，也可能足以彻底改变一个人的命运。偶一为之、不经意间的善举，可能会成为另一个人的救命稻草。所以，我的朋友，不要吝啬你的善举，要让善举成为一种习惯性的生活方式，因为它不仅有益于你的身心，也可能会为他人带来意料之外的惊喜。

有些善举看似没有回报，也未能为他人带来很大的改变，可是，这又有什么关系呢？其实你施善时的欣慰，本身就是一种回报；受善者的触动，哪怕只是一点点，已是一种改变了。

福建泉州的清源山上，刻有弘一法师的一段语录：

> 一个人如果能一辈子做好事，那是很不容易的，是很好的；
> 一个人如果能做一件好事，那也是不容易的；
> 一个人如果没有做好事，但是他能在家里思过，没有去做妨碍他人的事，那也是好的啊。

没有小善小恶，何来大善大恶？善恶虽不一定立即就有因果报应，但总会积累出一个相应的结果。有些善举，可能要在若干年后才显现出穿越时空的结果，然而那根因果之线却从未间断，一直将善举与成果紧紧相连。

纯正的善举

有这样一个故事，一个在前线打仗的士兵有一天打电话给他的父母，告诉父母他快要退伍回家了。父母当然非常高兴，希望他越快回家越好。士兵告诉他父亲，他有一个战友也要和他一起回家，他父母当然表示欢迎。孩子告诉他父母，这位战友在战争中失掉了一条腿和一只手臂，而且他说这位战友要和他们一起住。孩子爸爸听后告诉孩子，这绝对不可以，只剩下一条腿和一只手臂的人，将会成为全家人的沉重负担，他不允许这种残疾人和他们长住，建议这位身患残疾的战友自己设法解决生活问题。孩子听了这些话以后，就挂了电话。

几天以后，警察通知父母，他们的孩子自杀了。父母去认尸，令他们大为震惊的是：他们的孩子只有一条腿和一只手臂！

英国有句俗语：Nice is a circle。如果我们仔细琢磨一下就会发现，"善"确实是一种循环。当我们帮助他人而不求回报时，获得的是自己内心的一份安宁，当然可能还有意想不到的传递回来的友谊之手。帮助别人，其实也就是在帮助自己。

每当自己的善举没有得到回报，人们往往会发出这样的疑问：为什么我的每一次善举，到头来都会成为刺向自己的一把利剑？是因为我的期望过高，还是因为他人以为我另有所图而顾虑重重？是因为我的善意不够，还是因为他人心中仍然阴云密布？是因为这善意微不足道，还是因为他人已心若磐石？

其实，最容易被欺骗的不是涉世未深的孩童，也不是呼之即来的家犬，而是再熟悉不过却又陌生如天外之物的自我。人们对于他人的欺骗常常耿耿于怀，却心甘情愿地接受自我的反复愚弄。他们一直躲在自己缝制的厚厚的布套中不愿出来，却又抱怨外面的阳光不够明媚。究竟是我们看走了眼，还是此刻的天空确实布满乌云？

后来，我逐渐意识到，其实在施善的那刻，我们已经得到了助人的那份快乐与安宁。这份快乐和安宁，已经即时地偿还了善举所提供的种种好处。施善越多，快乐和安宁也就越多。

假如我们还是抱怨自己的善举没有获得应有的回报，那只能说明我们希望在那份快乐和安宁之外还能得到一笔额外的报偿。那么，当初的善举就不能算做善举了，至少不能称为纯粹的善举，只能算做另有所图的贪婪。

假如我们声称在施善中未能收获点滴的或足额的快乐与安宁，并据此索要应得的那份"差额性"、补偿性的报偿，那么，当初的善举也不能算做善举，至少是一种包含了太多功利色彩的变味了的善举，只能算做一笔明码标价的买卖。

看来，如何看待善举，如何施善，是一个事先就应破解的题目，否则，只能陷入与"善"格格不入的种种乱局，只能是亵渎了"善"。

纽约的冬天常有大风雪，扑面的雪花不但令人难以睁开眼睛，甚至呼吸时都会吸入冰冷的雪花。有时前一天晚上还是一片晴朗，第二天拉开窗帘，才发现已经积雪盈尺，甚至连门都推不开了。

遇到这种情况，公司、商店常会停止上班，学校也会通过广播宣布停课。可是令人不解的是，唯有公立小学——即使积雪已经让人难以举步——却仍然坚持上课。只见黄色的校车艰难地在路边接着小孩子，老师则一大早就口中喷着热气铲去车子前后的积雪，小心翼翼地开车去学校。

据统计，十年间，因为超级暴风雪的缘故，纽约的公立小学才不得不停课，但只有七次。这是多么令人惊讶的事实！犯得着在大人们都无须上班的时候，偏偏要让孩子去学校吗？公立小学的老师也太倒霉了吧。

于是，每逢大雪而小学不停课时，都有家长打电话骂学校。奇怪的是，每个打电话的人，反应都完全一样——先是怒气冲冲地责问，然后满口道歉，最后则笑容满面地挂上电话。这究竟是怎么回事呢？原来，学校是这样告诉家长的：

> 在纽约有许多百万富翁，但也有不少赤贫的家庭。后者白天又开不起暖气，供不起午餐，孩子的营养全靠学校的免费午餐（甚至可以多拿些回家当晚餐），学校停课一天，穷孩子就要受一天冻，挨一天饿，所以老师们宁愿自己苦一点，也不愿停课。

或许有家长会说，为何不让富裕的孩子在家里，让贫穷的孩子去学校享受暖气和营养午餐呢？学校的答复是：

> 我们不愿让那些穷苦的孩子感到他们是在接受救济，因为施舍的最高原则，是保持受施者的尊严。

这样的学校，教给学生的不仅仅是书本上的白纸黑字，更是渗入骨髓的纯洁心灵。帮助、救助、救济他人，并不是面无表情、例行公事地随手一挥，更不是居高临下、不屑一顾地慷慨施舍，而是在呵护他人尊严的前提下，给予他人真诚的关爱。

宽容：人际关系的润滑剂

末代皇帝溥仪在《我的前半生》一书中讲到，慈禧太后有句"名言"：谁让我一时不痛快，我就叫他一辈子不痛快。据说有一次，她同人下棋，只因为对方说了声"我杀老祖宗的马"，便惹得她勃然大怒，大声喝道："我杀你全家！"真可谓是登峰造极的报复心理。报复是破坏人际关系的烈性炸药，冤冤相报何时了？以互为因果的方式报复对方，只能换来无止无休的恶性循环；宽容是增进人际关系的润滑剂，以宏大的气度包容他人的无心之过，容忍他人的细小之错，是一种难得的品质和境界。

阿拉伯著名作家阿里有一次和吉伯、马沙两位好朋友一起旅行。三人行经一处山谷时，马沙失足滑落，幸而吉伯拼命拉住他，才将他救起。马沙于是在附近的大石头上刻下："某年某月某日，吉伯救了马沙一命。"三人继续走了几天，来到一处河边，吉伯跟马沙为了一件小事吵起来，吉伯一气之下打了马沙一耳光。马沙跑到沙滩上写下："某年某月某日，吉伯打了马沙一耳光。"当他们旅游回来之后，阿里好奇地问马沙，为什么要把吉伯救他的事刻在石头上，而将吉伯打他的事写在沙滩上呢？马沙回答："我永远都感激吉伯救我，至于他打我的事，我会随着沙滩上字迹的消失而忘得一干二净。"

列夫·托尔斯泰在《宽以待人》中说道：我们最容易犯的错误，就是轻率断定别人为好人还是坏人，愚者还是贤者。像不断流动、不断变化的河川一样，人并非每天都以同样的面貌存在，而是有各种可能性的：傻瓜可能变聪明，邪恶的人可能变成善良的人，反之亦然。这就是人的伟大之处。我们考虑如何去判断他的时候，他已经变成另外一个人。我相信我自己的本性是善，不是恶，而其他所有人也是如此相信他们自己的。即使我们难以了解别人心中所想的，也应该对别人常怀善念。

海明威在他的短篇小说《世界之都》中，描写了一对住在西班牙的父子的故事。经过一连串的误会之后，父子的关系变得异常紧张。男孩选择离家而去，父亲心急如焚地四处寻找他，并在马德里的报纸上刊登了寻人启事。儿子名叫帕科，在西班牙是个很普通的名字。寻人启事上写着："亲爱的帕科，爸爸明天在马德里日报社前等你。一切既往不咎。我爱你。"海明威接着给读者展示了一幅惊人的景象：隔天中午，报社门口来了八百多个等待宽恕的"帕科"们。

世上有无数的人在等待别人的宽恕。宽恕的受益人不只是被宽恕者，还有和他们一样多的人可以得到好处——那些宽恕他们的人。宽恕是一座让我们远离痛苦、心碎、绝望、愤怒和伤害的桥，在桥的另一端，平静、喜悦、祥和正等着迎接我们。

《大戴礼记·子张问入官》中有这样一句话："水至清则无鱼，人至察则无徒。"意思是说，人不要太苛刻，看问题不要过于严厉，否则，就容易使大家因害怕而不愿意与你打交道，就像水过于清澈就养不住鱼儿一样。"察"，本身是没什么问题的，而"至察"就超出了一定的度。过于苛责的人会缺少朋友，因为他们往往容不得他人小小的过错，看不惯他人性格上的小小瑕疵，过分要求所有人的一举一动都符合自己的标准。人总是有着不同的性格和待人处事的方式，除非是克隆体，否则永远无法达到完全一致。如果不能以一种包容大度的心态与人相处，结局便是人心不附、众叛亲离了。

宋朝的吕蒙正刚任宰相时，有一位官员在帘子后面指着他对别人说："这个无名小子，也配当宰相吗？"吕蒙正假装没有听见，大步走了进去，而没有与那位官员斤斤计较。其他参政为他愤愤不平，准备去查问是什么人如此胆大包天。吕蒙正知道后，急忙阻止了他们。退朝后，那些参政还感到不满，后悔刚才没有找出那个人。吕蒙正对他们说："如果一旦知道了他的姓名，那么就一辈子也忘不掉。这样的话，耿耿于怀，多么不好啊！因此千万不要去查问此人姓甚名谁。其实，不知道他是谁，对我并没有什么损失啊！"

有人说，宽容是鲍叔牙多分给管仲的黄金。他不计较管仲的自私，也能理解管仲的贪生怕死（家有老母），还向齐桓公力荐管仲做自己的上司。也有人说，宽容是光武帝焚烧投敌信札的火炬。他攻入邯郸后，不计前嫌，化敌为友，将检点出来的谋划诛杀自己的信件付之一炬。我觉得宽容是在饶恕别人的同时饶恕自己，是迈过自己心坎儿的那份糊涂与清醒，是消融内心寒冰的那份暖意与释怀。

每个人都有自己考虑问题的角度，人际交往中出现的很多摩擦，并非全是因为他人的过错，也可能是我们没有弄清事情的来龙去脉，受到了部分事实的"障眼"而已，更何况错误的一方还可能是我们自己呢！很多事情不能全怪别人，也要看到自己的不当之处。更为重要的是，过一段时间回头再看，当时觉得有伤尊严，拼命去挽回面子的那些事，放在大的背景中去考察，实在是鸡毛蒜皮，不值一提。报复心太强了，火气太大了，最后烧伤的往往只会是我们自己。朋友，在人际交往中善于宽恕别人，以责人之心责己，以恕己之心恕人，你的心灵会更加宁静，你也将会获得更多的友谊。

朋友是前行途中的旅伴，而不是完美无缺的道德楷模。当感到有人伤害了你的时候，要多想想他平时对你的帮助和关怀，这样，就能以包容的态度谅解别人的过错，消除误会，化解矛盾，和好如初。记住，包容、仁爱的心态，将使我们受用一生。

当然，宽容是有底线，而不是无原则的。北京大学食堂的300多张餐桌上，曾经贴有这样的幽默提示语：你完全可以吸引在座诸位的目光，但是请注意，不是在转身之后——餐后请收拾餐具。可是现实生活中，我们却在自己的授意或默许下，让粗俗大行其道。

粗俗在大街上横冲直撞，并不时按动刺耳的喇叭，行人不以为怪；当它以更快的速度、更大的声音再次出现时，他们还是那样漠然，似乎这种干扰与自己毫无关系。哦，原来人们早已适应和习惯了这种干扰，因此对它熟视无睹。于是，过不了多久，那些漠然的人们又会相继开动自己同样品牌的粗俗之车，所到之处，也尽是同样漠然的众人。

每当我在狭窄拥挤的人行道上听见急促而刺耳的高档轿车的鸣笛声，看到被飞驰而过的车轮溅落到行人身上的泥水，看到人们为了虚幻而短暂的名利争得头破血流、面红耳赤，看到人们为了抢先、互不相让而最终一起滞留，在飞机、地铁这些现代化的交通工具中听到旁若无人的嘈杂喧闹，我都会感到疑惑：每个人的终点都是一样的，可是人们究竟为什么这么急着赶路？与人方便才能自己方便，可是人们为什么为了自己赶路而让别人无路可走？现代化的交通工具出自现代人之手，可是为什么坐在如此现代化的交通工具里的，却是距离现代化如此之遥的原始旅客？

自私本是人天性中的固有成分，但是如果把自身的自私行为凌驾于他人之上，矛盾、冲突、事故就无法避免了，至少是早晚的事情，不是不到，时候未到。如果我们仔细分析所有的交通事故，总可以找到自私的影子。只顾自己飞速飙车、醉酒驾车，只顾自己强闯红灯、低头走路，而无视他人的存在。这样的行事习惯，曾经酿成了多少事故啊！如果每个人都尊重他人的存在，理解他人的感受，很多矛盾、误会、冲突、事故和犯罪是可以避免的；如果每个人都能客观、及时地反思、检讨自己的行为，责问自己是否有意无意中冒犯了别人，这个世界将会和谐得多。纯然自私的催促、急不可耐的烦躁、无视他人的我行我素，对于自己是一种甘愿穿上的沉重的焦虑盔甲，对于别人则是一种粗暴而鲁莽的挤压和侵占。

我们固然可以容忍——也不得不容忍——他人越界的自私和超限的冒犯，但若这种自私和冒犯越过了宽容的底线，并成为我们见怪不怪的常态，则是一种对文明的公然挑衅和随意践踏了。

假如有人误解了你

德蕾莎修女曾经说过：人们常常不讲道理，不合逻辑，以自我为中心，但是我们仍然要原谅他们；如果你友善，人们也许会责难你自私，另存动机，但我们仍然要友善；如果你成功，你赢得一些假朋友和一些真敌人，但我们仍然要成功；如果你诚实而坦白，人们也许会欺骗你，但我们仍然要诚实与坦白；你耗费数年营造的东西，也许被人一夜之间摧毁，但我们仍然要营造；如果你寻找到了恬静与快乐，他们可能嫉妒你，但我们仍然要快乐；今天你行善，也许人们明天就会把你遗忘，但我们仍然要行善；把你拥有的最好的奉献给世界，或许这永远不够，但我们仍然要将最好的奉献。

每个人都有自己的独立现实，而且每个人都是自己独立现实的唯一主人。每个人都是依靠也只能依靠自己的独立现实行事，我们不应该也无法让自己的独立现实凌驾于他人之上，成为至高无上的绝对价值。但是无论如何，我们还是可以掌控、修正、优化自己的独立现实，为我们自己带来内心的宁静和幸福。

假如有人误解了你，不要刻意地、过多地解释，因为他是在根据自己独立的判断（尽管这种判断可能在客观上有失偏颇）来误解你，你需要做的，只是一如既往地坚持自己与人为善、宽容平和的原则，正如误解你的人坚持着他的原则一样。通常有两种结果，这种误解要么随着时间的推移而烟消云散，成为名副其实的无须解开的误会；要么随着时间的推移而愈陷愈深，成为纵横交错的无法解开的死结。

假如有人欺骗了你，不要一味地、过度地埋怨，因为他自然有欺骗你的理由（尽管这些理由可能在道德、法律上并不成立），你需要做的，只是始终如一地坚持自己以德报怨、相泯一笑的原则，正如欺骗你的人坚持着他的原则一样。通常有两种结果，这种欺骗要么随着时间的推移而被你当做鸡毛蒜皮、不足挂齿的小事；要么随着时间的推移而恨意陡增，使你们成为避之不及的陌路人。

　　不难看出，时间是最好的溶液：它将心灵的毒汁稀释得越来越淡，最终与之融为一体，使两者难以分辨彼此；它也可能溶解不了心灵的顽石，不过它会让这顽石沉入水底，永不漂浮起来。

第四部分

家庭，路边停靠的港湾

从我们相遇父母那刻起，我们就开始了自己的人生之旅；从我们相遇爱人那刻起，我们就在构筑旅途上的温馨雀巢；从我们成为父母那刻起，旅途的行囊中就装满了无尽的亲情。

家庭，是我们人生之旅的始发站，也是人生旅途上永远为我们开放，并随时供我们停靠的港湾。

一、相遇父母：漫长旅途的起点

一个伙伴可以因为你巨额的财富而爱你，一个观众可以因为你高超的演技而爱你，一个朋友可以因为你过人的聪慧而爱你，一个情人可以因为你儒雅的魅力而爱你，但一个家庭可以不因为任何东西而爱你，因为你生长其中，已经成为它血肉的一部分。

我们的父亲、母亲和兄弟姐妹，似乎是冥冥之中注定的亲人，我们手持大自然的奥秘，终于来到他们的身旁，一同目睹亲情的珍贵，见证世间的美好。

我的父亲母亲

　　相遇父母，是前世的约定、今生的相遇。从本源上说，我们之所以成为现在父母的子女，并不是父母强行安排的结果，而是我们自己主动选择的结果，是我们非得要成为他们的子女不可的结果。

　　那数以千万的精子，任何一个都可能相遇那个"守株待兔"的卵子，产生一个新的生命，一个可能和我们完全不相同的生命，一个和我们年龄完全相同、同样称呼我们的父母为父母的生命，一个原本可以替换我们的生命。数千万分之一的微茫可能性，之所以成为现在百分之百的我们，完全是我们自己决定的结果，是我们心甘情愿、无怨无悔、坚定执著地选定了现在的父母。

　　从这个意义上说，我们没有任何理由埋怨自己卑微的出身、偏僻的家乡和穷困的父母。对于父母，我们只有衷心感激、全力回报的义务，而没有求全责备、心生怨恨的权利。

我的父亲母亲

（2012 年 1 月 25 日作者拍摄于家乡）

我的兄弟姐妹

正如许多诗人笔下描绘的那样，童年是美好的，但我美好的童年却有着苦涩的味道，因其苦涩而更加令人难忘。20世纪六七十年代的农村，婴儿患病率较高，农村较差的医疗条件，又使得他们得不到及时而有效的治疗。听母亲说，我们兄弟姐妹四人，三岁前都曾出现过持续高烧的情况，当时我们那边的人称之为"过夫差"，是很令大人揪心的。有幸从病魔手中逃离的我们，在度过略带苦涩的童年时，从小就在患难中建立起彼此间更为浓烈而牢固的亲情。

我有一个姐姐、一个妹妹、一个弟弟，唯独缺少一个哥哥。上大学时，才听母亲说起了那件令她伤心的事情：在姐姐和我之间，还有一个哥哥，因为母亲营养不良而流产了。所以，我是家中的长子，也因此深得奶奶和父母的疼爱。妹妹、弟弟都一直称呼我为"大哥"，尽管他们只有我这一个哥哥。

从记事时起，那贫困而望不到头的生活总是充满了令人难忘而感动的点点滴滴。忘不了我四岁那年姐姐坐在门墩上，抱着妹妹慢慢摇晃，同时嘴里说着调皮的逗乐之语；忘不了黄昏时分从田野归来，背着装满青草的背篓回家，夕阳的映照下，姐姐站在门口呼唤我的名字，为我擦去脸上的汗珠，并帮我卸下沉重的背篓；忘不了刚入大学不久，生活拮据，妹妹在出嫁的那天，将她收到的所有大大小小、面值不等的结婚礼金装入信封并原封不动地交给我；忘不了读中师期间的那年暑假回家，上小学的弟弟带着我来到绿色的田野，为我讲解捕捉知了的技巧。那被袅袅炊烟笼罩着的电影般美好的往事中，浸满浓浓的手足之情，早已渗入灵魂深处，成为无法抹去的记忆。

模糊的泪光中，想起了曾经读到的《为了妹妹》① 这篇短文。

　　小男孩的妹妹生病了，需要输血。小男孩在两年前曾得过同样的病，后来被治愈了，而妹妹康复的唯一机会，是获得曾患过同样疾病但后来痊愈的人的血液。由于两个孩子的血液同属某一特别的血型，小男孩便成了最理想的捐血人选。

　　"你愿意捐血给玛莉吗？"

　　詹尼犹豫着，他的嘴唇开始颤抖，然后微笑着说："没问题，为了妹妹。"不久，兄妹两人被推进医院的房间。玛莉瘦弱而苍白，詹尼则强壮而健康。两个人都没有说话，但当两人四目相对时，詹尼露齿而笑。

　　护士把针头插进他的手臂，詹尼的微笑逐渐消失，他看着血液流过管子。

　　当可怕的煎熬接近尾声时，詹尼有点颤抖的声音打破了寂静。

　　"医生，我什么时候会死？"

　　医生此时才恍然大悟，原来詹尼起初的犹豫和嘴唇的颤抖，是因为他以为捐血就是牺牲生命，而在那一瞬间，他已经做出了重大的决定。

　　同父同母的兄弟姐妹，恰如簇拥在一起的蒜瓣，紧紧相依，温暖彼此。从幼苗到长成，它们围拢在父母周围，吸收着同一条根茎的营养，一起长大，彼此难以离开。无论缺少了谁，这瓣蒜都不完整；无论哪瓣发育不良，整个蒜头都难以长大；无论谁有难处，其他各瓣都会感同身受地伤心垂泪。

---

① 《语文世界（小学版）》2004 年第 10 期。

美丽的关中我的家

　　无论我们身在多么遥远的他乡、工作了多么久、有多么风光，故乡，总能瞬间唤起我们内心最深处的记忆。她就像一把神奇的钥匙，可以随时开启我们尘封多年的记忆盒子，那里满是儿时的欢笑和泪水、父母期待的眼神和脸庞、久远的抱负和憧憬，还有永远都无法抹掉的往事。

　　每当听到故乡的名字，总是如此温暖，让人不禁满眼热泪。因为那里有无论你多么晚归都会为你守候、无论你多么委屈都会拥你入怀、无论你多么健忘他们都会如数家珍、无论你多大年龄都会让你立刻重返童年的父母。

　　故乡，是永远珍藏的那份乡土亲情，那里存贮着远方游子难忘的童年时光，刻录着如烟岁月中美丽依旧的儿时记忆。无论我们身处何方、情归何处，故乡的名字总能立刻把我们带入那尘封多年的温情岁月。

　　想起我的故乡来了……

　　终南山麓，渭水之畔，星罗棋布地散落着无数小乡村，其中一个就是装着我的全部童年的村庄——钟徐村（隶属于周至县尚村镇），村名取义于"暮晓时分，钟声徐来"。儿时的村庄，已经没有了随风而至的钟声，有的只是河流两岸挺拔的白杨、鸣叫的知了、雪白的槐花、紫红的桑葚，以及遍地绿油油的麦苗儿和金灿灿的油菜花。那深深印刻在脑海里、渗入灵魂的村庄，一次次地闯入我的梦乡。

　　春日的乡村里，到处一派盎然的生机。乍暖还寒的春风，已经不像冬天那样刺骨了，而更多地含有温暖的气息。它无色无味，但在它的吹拂和抚摸下，仍有几分冰冻的大地却焕发出一片绿色，就像一个魔术师，随着它的手掌从田野上慢慢挪开，原本光秃的田野逐渐成为"草色遥看近却无"的嫩绿画布。

夏日乡间的玉米地

(2009 年 8 月 8 日作者拍摄于家乡小村)

经过一个冬天的蛰伏，麦苗儿早已按捺不住，抖落掉身上的积雪，奋力抬起头来，回应着春风的热情召唤。农谚说，五九半，冰消散。过不了几天，残雪消融，水渗入地下，滋养着麦苗儿冰封的心，它又不计前嫌地回到属于自己的春天，为农人们带来新的希望。农历三月里，麦苗儿已经有一筷子高了，出落得像个亭亭玉立的大姑娘，齐刷刷地映入你的眼帘，争相在春风中摇摆起舞，尽情享受春风的轻抚和阳光的沐浴。

河岸两旁的白杨树和柳树，枝头已经冒出鹅黄色的嫩芽，尽管气温时有回落，但毕竟阻挡不住春天的脚步。树芽依旧按照自己内在的节律生长着，似乎毫不理会严寒的天气。慢慢地，暖意扑面而来，小伙伴们也闲不住了，穿着扣子不全的粗布衣衫，根本不顾大人们的告诫，相互协作地爬上大树，折几枝发芽的柳条，扭松并抽出枝干，压扁树皮，用小指甲除去外层表皮，制作成柳笛，高抬起满是汗水的额头，炫耀着自己的杰作。在此起彼伏的柳笛声中，伙伴们成群结队地回到各自的家，迎接大人们会心的一笑，或是温柔的指责。第二天，小伙伴们又将乐此不疲地重复着同样的事情。尽管普遍缺吃少穿，但孩童们似乎永远也没有烦恼，每天都在暖洋洋的春天里寻找和创造新异的玩法，并凝结为童年的美好记忆。

　　美丽的家乡啊，我就像一个永远也长不大的幼儿，随时渴望回到你那宽广而温柔的臂弯，在哭闹中逐渐入眠，带着眼角的泪水，在梦中露出开心的笑容……

老家庭院中的柿子树

（2009 年 8 月 9 日作者拍摄于家乡小村）

在天堂的某个街角相遇母亲

  2011 年母亲节的那天下午，收到好友高晓红的温馨短信，短信中写道："她把鱼肉夹给你，说她只爱吃鱼头；她在寒天送衣服给你，说她只是路过；她每天做好早餐等你起床，说她反正早起惯了；她把积攒的钱寄给你，说她反正用不完；她生病了从不告诉你，总是说她一切很好，不用担心。她就是母亲，撒着最简单的谎，你却从不怀疑。今天是母亲节，记得问候一下老人家，帮她圆个谎！"

  前一年，他的母亲生病住院，因为病情较重，他暂时放下繁忙的公务返回西安，全力照看母亲。那段时间，他变了很多，由于担心出现"子欲养而亲不待"的不祥局面，他思考了很多人生方面的问题，可以看出，他的心情十分沉重。他告诉我，他希望能够为这位生他、养他、育他三十六年的母亲多尽点孝道，希望老人家早日康复，他要让老人家生活得更好，享受更为美好的晚年。

  2011 年年底，他的母亲过世了。二十多天后的一个晚上，他发来一条短信："人生季节大致可以分为两段，妈妈健在的时候为春夏，无论风风雨雨，总是温暖的；失去妈妈后，便进入秋冬了，不管怎样天高云淡，也难掩内心的悲凉。在此悲凉的背景下，以后的人生也许再无发自内心的快乐。"我知道，在他以后的人生旅途上，必然还会有若干大大小小的发自内心的快乐，只是丧母之初的巨大悲痛，使他绝望地掩盖了未来的所有希望。我想，那位老妈妈倘若在天国能够听到儿子的内心独白，定会倍感欣慰，并以期待的眼神看着儿子一路前行，坚定地走在自己的路上。

也许，在生命的下一个轮回里，在那众生云集的天堂中，我们会在某个街角相遇父母。母亲会立刻认出我们，因为孩儿的面庞和名字，是母亲心坎中最为深刻的印记，是母亲在生命的最后时刻依然反复呼唤的乳名；而我们却认不出母亲，因为她可能是路边报亭中一个毫不起眼的中年妇女，是一位正在带领小学生穿越马路的陌生女教师，抑或是一位正在清扫马路的环卫工人。我们热切地寻找着母亲，与她擦肩而过，而她却就在我们的身边，并趁我们不注意时，向我们投来看似漫不经心实则满怀深情的一瞥……

犹太民族有一句谚语：上帝不能无处不在，因此他创造了母亲。美国作家马克·吐温也曾诙谐地说，我给母亲添了不少乱，但是我认为她对此颇为享受。天下的母亲，愿意牺牲自己的一切，来换取儿女的幸福和快乐。无私而纯洁的母爱，是难以用语言来描述的，也是无法称量出来的。

妈妈的爱有多少斤?①

美国做过一个统计，一个家庭主妇在料理家务并照顾丈夫和两个小孩时，一天或一年要付出的辛勤劳动，其结果非常令人吃惊。

在一年的时间里，她的劳动量相当于洗净 1.8 万件餐刀、餐叉和勺子，1.3 万个盘碟，6 000 个碗，3 000 个饭锅。她不仅要洗涤餐具，还要把它们从碗橱里取出来，摆放在餐桌上，用完洗净后再放回原处。所以，她往返搬送餐具的总重量有 5 吨之多。

家庭主妇在一天之内所行走的路程，也很可观。如果是普通的两室居所，那么她在一天内平均要走 10 000 步的路程；如果住在有庭院的小房子里，那么她就要走 17 000 步的路程。如果再加上到集市采购物品，那么她在一年内总共要走 2 000 公里的路程。

是啊，我们只把母亲的伟大挂在嘴上，有谁知道她的伟大具体是怎样的呢？歌手阿牛曾写过这样一首歌："妈妈的爱有多少斤/谁

---

① 《感悟》2008 年第 4 期。

能数得清/答案悄悄地躲在米缸里。"歌词贴切至极。

在无情的岁月中，母亲早已成为步履蹒跚的老人，而她对儿女的牵挂却从未减少；减少的，只是儿女们有意无意间对她的关心。等我们猛然醒悟过来，很多时候却为时已晚。

其实，当我们发现为时已晚时，恰恰是最早的时候。从现在——而不是明天、下次——开始，就给母亲打个电话吧，哪怕只是一声简单的问候，以此作为对那尘封多年的无数令人感动的点点滴滴的报答。

拿什么报答你，我的母亲①

当你1岁的时候，母亲为你喂奶，还要为你洗浴。然而你却只会用整晚的大哭大闹来报答她；

当你2岁的时候，母亲教你学步。然而你却只会用在她叫你名字的时候，淘气地溜之大吉来报答她；

当你3岁的时候，母亲以她全部的爱心为你准备一日三餐，然而你却只会用将碟子扔在地板上来报答她；

当你4岁的时候，母亲给你买了几枝蜡笔，然而你却只会用将餐桌乱涂来报答她；

当你5岁的时候，母亲给你穿上了胸口的新衣，然而你却只会用弄得满身泥浆来报答她；

当你6岁的时候，母亲送你上学去，然而你却只会用大嚷"我才不想读书呢"来报答她；

当你7岁的时候，母亲给你买了一枚棒球，然而你却只会用拿球击碎邻居的玻璃来报答她；

当你8岁的时候，母亲给你冰淇淋吃，然而你却只会用冰淇淋

---

① 《小作家选刊》2004年第2期。

把裤子弄脏来报答她；

当你 9 岁的时候，母亲为你支付学钢琴的费用，然而你只会以"从来不练"来报答她；

当你 10 岁的时候，母亲常常骑着车，将你从家到学校来回地接送，然而你却以从未回头看她一眼就跳下车来报答她；

当你 11 岁的时候，母亲请你和你的朋友去看电影，然而你却以让她单独坐在不同的一排来报答她；

当你 12 岁的时候，母亲提醒你不要看某些电视节目，然而你却以趁她不在家时更是大看特看来报答她；

当你 13 岁的时候，母亲建议你去理一个她认为合适的发型，然而你却用埋怨她没有"品位"来报答她；

当你 14 岁的时候，母亲为你支付了一个月的夏令营费用，然而你却用没有打一个电话来报答她；

当你 15 岁的时候，母亲下班回家时总期盼你会拥抱她，然而你却以反锁房门来报答她；

当你 16 岁的时候，母亲在等一个很重要的电话，然而你却以整夜占着电话来报答她；

当你 17 岁的时候，母亲在你的毕业典礼上哭红了双眼，然而你却以在毕业舞会上玩了个通宵不回家来报答她；

当你 18 岁的时候，母亲为你支付了上大学的费用，把你送到学校，还帮你提着沉甸甸的箱子。然而你却把她挡在了学校外向她道别，以免在新同学面前自己陷入尴尬的境地；

……

当你 30 岁的时候，母亲打电话提到了一些有关如何抚养婴儿的建议，然而你却说"现在的情况已经完全不同啦"；

当你 40 岁的时候，母亲在电话中提醒你某个长辈的生日马上到了，然而你却推脱说"我很忙，没时间"；

当你 50 岁的时候，母亲生病了，而且很需要你去照顾她，然而你却唠叨说"双亲有时也会变成子女的负担"；

然后有一天，母亲安静地驾鹤西去。所有你未曾来得及做的事情，便都会敲击你的心，让你觉得好心痛……

如果你的母亲仍健在，那么别忘了比以往任何时候都要更深地爱着她。如果她已经不幸永远离开了你，那么你就必须记得，母爱才是彻底无条件的啊！用一颗感恩的心怀念她吧，她的在天之灵或许能够感应得到。

父亲节有感

父亲，是一个温暖的名词，是一串幸福的回忆，也是一个沉重的角色。俗话说，不养儿，不知父母恩。已为父亲的我，有了对责任、亲情更深的理解。父亲，是恨不得将子女的病痛转移到自己身上的无私无畏，是日夜为远方子女牵肠挂肚的千里担忧，是看到子女嬉戏欢闹时的慈祥笑容，是你事业有成时高高挺起的宽阔胸膛，是你泪流满面时永远可以停靠的温暖怀抱。

想起多年前的那个暑假来了。那年夏天，父亲的小腿不小心受伤了，母亲没有太在意，仅仅做了简单的消毒处理，后来化脓了。我和姐姐拉着架子车，将父亲送到姐姐嫁往的村庄，据说那里有个医术高明的医生。一路上，烈日下，姐姐为父亲撑起伞，衣服被汗水打湿了；我小心翼翼地拉着架子车，更是汗流浃背。但我和姐姐的心里是踏实的，因为我们拉着的不是一个普通的老人，而是我们共同的父亲。

又是一年父亲节，又是一个提醒我们感恩父亲的日子。但感恩父亲是一生的功课，远非一个日子、一场饭局所能涵盖，远非一笔汇款、一次转账所能兑现。父亲啊，祝愿您老健康、开心、长寿，这是儿女最大的安慰。

风筝归来

　　子女就像一只风筝，随着习习微风翱翔于蔚蓝的天空；父母则是手握线绳的人，既想让我们飞高飞远，又不愿我们离开他们的视线。翱翔于天空的风筝啊，你可知道，你飞得再高再远，那用亲情编织而成的线绳，始终将你与放飞风筝的人紧紧相连。

　　2002年夏天，只身一人回到了朝思暮想的故乡，这是我参加工作后的首次返乡探亲。途中，我在脑海里反复预想着家乡的容貌：那炊烟萦绕的乡村，是否还像以前那般苍翠？她应该还像我离家时的那般好客，那般朴素，那般恬静。近乡情更怯，距离家乡越来越近了，我的心情也变得激动起来。这时，我的脑海中突然浮现出一幅奇异的画面，这魂牵梦绕的故乡，她似乎早已站在村口，踮起脚，张望着，张开双臂，等待着远方游子的归来。踏上故土的那刻，心中猛地一颤：哦，这就是我的梦里故乡！如今，我真真切切地站在了故乡的土地上。故乡，我回来了，爸妈，娃儿回来了。

　　远远地见到村子街道一角的那刻，眼泪一直在眼眶里打转，因为只要转过这个街角，不远处就是我的家了。那里有我的父母，有特意赶回来的嫁往邻村的姐姐，有从省城赶回来的弟弟，当然，还有那位多苦多难的妹妹。每每想起这些，我都会觉得自己亏欠他们很多，不免又涌出一股热泪来。可为了不让乡亲们看出来，我只能强忍着浓浓的泪水向家走去。

　　虽然离家还有一段距离，可因为有些小孩飞奔着传信，已经有好些乡亲们来到院子里，满脸朴实的笑容，打量着我这个"外头人"的样子（在我的家乡，人们习惯于把因为考学而农转非，并在外地工作的本村人称作"外头

人")。我知道，乡亲们可能想看到我的一些变化，比如穿着的变化，语言的
变化，身边有没有多出一个人来——有没有成家——的变化。我也知道，我
会让他们失望的，至少在前两个方面是这样的。

　　因为，我从来不愿衣锦还乡。我始终认为，父母真正关心的并非子女飞
得高不高、远不远，而是子女飞得苦不苦、累不累；并非子女能否衣锦还乡，
而是子女能否快乐幸福。而且，我本人更在乎的，也并非外在的、易变的衣
着，而是内在的、稳定的品质，因为衣着仅仅包裹着我们的躯体，而品质包
裹着的，却是我们的心灵。在这方面，我甚至做得过了头。记得在邻村上中
学时，因为父亲为我买的新鞋子过于惹眼——当然，是我自己认为的过于惹
眼——我竟然双脚轮流踩踏鞋面，以让鞋子显得不那么崭新，以避免同学哪
怕是无意间投来的目光。所以，无论哪次回来，在衣着这方面，我一定会让
乡亲们失望的，因为我不想让他们在其他方面失望。

　　因为，我从来不会变更乡音。无论走到哪里，我都牢牢地记着我的乡音，
并经常独自练习，以免自己的口音发生变化，而让自己成为真正意义上的
"外头人"。我特意放慢了脚步，以便再多体验一会儿久别重逢的滋味，并享
受着"家乡不出先知"的说法，一来我不是什么先知，二来我唯恐因为自己
不知不觉的变化，而由"外头人"真的变为"外人"。我知道，我永远不会
变成"外人"，因为这里有渗入灵魂的记忆，有我难忘而唯一的童年，这里
早已与我天然地、永久地联结在了一起。乡亲们和我打着招呼，问我什么时
候回来的，我也以同样地道的方言热情回应着他们。明天，乡亲们会以每天
使用的土得掉渣的方言和我开着土得掉渣的玩笑，我将卸掉惯常的面具，主
动融入他们，以更土的方言和他们开着更土的玩笑。因为，我一直没有离开，
以后也不会。

　　而至于这次为何只身回来，身边没有多出一个人来，我说，这是最后一
次只身回来了。乡亲们马上意会，说那就下次早点回来，别让他们等太久了。
其实，当年年底，我就成家了。

　　由于担心自己会落泪，我事先告诉家人，不让他们在村口远远地接我，

尽管他们恨不得马上就见到我。而且，我只告诉家人回家的日子是哪一天，最多是上午还是下午，至于具体几点钟，我则不会告诉家人。因为路上可能会遭遇堵车，耽搁时间，让家人耗费精力，更重要的是，我想给他们一个意外的惊喜，所以我会特意地提前到家，给家人带来额外的快乐。

父母、姐姐、妹妹、弟弟、外甥、外甥女，还有对门邻居的小孩子，早已站在简陋而温馨的庭院里，站在院落里的柿子树下，等待着我的归来。见面的瞬间，我故作自然地喊着一个个亲人，哪知滚烫的心早已扑扑直跳，哪知泉涌般的泪水已被我刻意地拦阻，哪知这是我一年来天天期盼的时刻……

摆满一桌的饭菜，虽是再普通不过的农家小菜，但看得出来，这是亲人们——尤其是姐姐和妹妹——精心准备的，因为那香喷喷的哨子肉正是我偏爱的那种口味，还有那清炒的豆芽，也是我爱吃的做法。我虽然在遥远的南国羊城工作，但是我喜欢的食物早已成为妈妈、姐姐和妹妹格外的惦念。其实何止是食物，我的所有经历，也都成为了他们经历的一部分。我想，家人们在回忆各自的经历时，必然带有我的影子，因为我是长子，我是大弟，我是哥哥，我是他们共同记忆中重要的部分，这部分，他们各自珍藏在心底，并不时拿出来细细品味。亲爱的父母、姐姐、妹妹、弟弟，我又何尝不是如此呢？二十多年来，那些在一个屋檐下生活的点点滴滴，以及由此凝结成的珍贵项链，我一直戴着，哪怕是在酣然入睡时。

相聚是快乐的，也是短暂的。在家乡度过了美好的一个星期，走遍了儿时坑婴过的田间小路，漫步在家乡那条已经干涸的小河岸边，去了那所姐姐、妹妹、弟弟和我都曾就读过的中学，并顺便走访了在家的所有亲朋。一切都变了，那承载着童年时光的田间小路，已经显得过于狭窄；那干涸的小河，已经缺少了岸边的挺拔的杨树；那所我们一起就读过的中学，已经没有了往日的追逐嬉笑；那拜访过的亲朋，已经有了与其年龄不相符合的一份苍老。一切都没有改变，因为无论这些小路、这条小河、这所中学、这些亲朋如何变化，我都始终能够从他们那里准确地找回儿时的记忆，恰如多年以前的样子。

　　现在，我将返回南方了。清晨，沿着弯曲的乡间小路，踏着青草上的露珠，穿过大片墨绿的玉米地，我赶往三里之外的国道。临别时，妈妈说要送我上车，看着我启程，我没有答应，甚至只让她送到院中就可以了，因为我担心自己会落泪，而这又会让妈妈流下更多的热泪。可是，当我在途中无意间转身时，却发现妈妈在后面跟着我，保持着六七十米的距离，见我回头，她又赶紧躲了起来，生怕被我发现。看来，我只好躲起来了，于是趁她躲藏的瞬间，我索性一头钻进了玉米地。没过多久，就传来母亲急促的脚步声，她反复呼唤着我的小名，仿佛我走丢了似的，就像儿时因为贪玩而忘记回家吃晚饭，妈妈呼唤我时那样，又像丢失了孩子的母鸡焦急地召唤着自己的孩子。躲在玉米地里的我，尽量努力压低自己的哭泣声，而两行热泪早已淌满脸颊。妈妈呀，如今已为父亲的我，方知这声声呼唤的分量和意义，那是您日复一日盼我归来时的长久守望，那是您既想收紧又想松开孩儿这只放飞的风筝之线时的复杂心情……

　　想起那个我常讲给儿子牛牛的《我是谁的小猫咪》的故事了。阿黄是一只黄色的母猫，生了五只小猫，其中有四只是黄色的，还有一只身上有着黄色和黑色的斑纹，这只小猫叫花花。花花总觉得自己跟妈妈长得不一样，肯定不是她亲生的。于是，它决定去找自己的"亲"妈妈。花花离开家在街上乱跑，突然，一条大狗挡住了它的路。这时，阿黄猛地跳出来，把大狗吓跑了。阿黄说自己一直跟在花花后面，怕它出什么意外。这时，花花终于明白了，只有妈妈才会这么关心自己，阿黄就是自己的亲妈妈呀！

　　……

　　妈妈呀，我飞得不苦，也不累，只是担心您太苦，太累。

　　我的父亲母亲和兄弟姐妹。前排坐者为父母，后排左三为妹妹，右二为姐姐，右三为弟弟

（2012 年 1 月 25 日作者拍摄于家乡）

二、相遇爱人：永远开放的港湾

　　人生的旅途上，我们会相遇众多的同行者，而那位最坚定的同行者，就是我们的爱人。他（她）将一路伴随我们前行，而那温馨的爱巢，将是旅途上永远为我们开放的港湾。

　　爱人，是最为坚定的旅伴。一路上的风风雨雨，他（她）始终是那个不离不弃的人，那个为你遮风挡雨的人，那个盼你早归的人。

美丽的邂逅：我们爱的是什么

茫茫人海中，能够与某个路人擦肩而过，已是一种难得的缘分。而那美丽的转身、深情的回眸和长久的驻足，则是在"烟涛微茫信难求"的人潮中早已守候在"灯火阑珊处"的那个人。

每每想起初恋，人们心中都会涌起一股久违了的暖流。那尘封了多年的往事，是如此美好，以至于让我们总是小心翼翼地珍藏着，并时常情不自禁地捧出来细细品味。然而，美好的初恋，大多未能成就美好的姻缘。上天似乎早已为我们事先安排好了一切，只等着我们在那个时间、那个地点、以那种方式去认识那个人，那个终于觅到的灵魂的另一半。于是，那不经意间的转身、回头和驻足，成就了一份更加纯熟的爱情。时至今日，仍然觉得不可思议，那梦幻般浪漫的邂逅，究竟是一场偶遇，还是众多机缘巧合促成的躲不过的会面？

歌手陈明在《我要找到你》中唱道："问世间什么最美丽，爱情绝对是个奇迹。我明白会有一颗心，在远方等我靠近。我要找到你，不管南北东西，直觉会给我指引。若是爱上你，别问什么原因，第一眼就能够认出你。"其实，在情窦初开的花季，青年男女都基于自身的经历，构建、优化、塑造着心目中理想的白马王子和白雪公主的形象，并以此形象作为标准，打量、分析、筛选着周围的人。一旦遇到匹配的那个形象，便如痴醉般着迷，他（她）的一举一动，都会牵引我们的视线，时时令人关注。他（她）无意中投来的一瞥，都会让我们心动不已，久久不能平静。

美丽固然在很多时候会成为一个人的机遇，但若过于倚重它，则会因为自己的误读和误判而被这种美丽所耽搁，从而抵消从先前的机遇中得到的好处，甚至耽搁的额度会大于既得利益，最终落个得不偿失的结局。

爱情是双方的事情，更是自己的功课。美国现代哲学家桑塔亚那（Santayana）说，爱情并不如它本身所想象的那么苛求，十分之九的爱情是由爱人自己造成的，十分之一才靠那被爱的对象。在这爱情中的十分之九当中，美丽又会占有多大的份额呢？

因为一个女人漂亮而爱她，是真的爱她吗？因为一本书的封面精美而爱它，是真的爱它吗？假如这个女人不再漂亮，你还爱她吗？假如这本书的封面不再精美，你还爱它吗？

朋友，你当然有你自己的回答，但我怀疑你的答案是否如当初那般坚定，是否足够诚实。基于漂亮、精美的爱，爱的并非人和书本身，而是寄存于人、书身上的"漂亮"、"精美"的品质而已，但是，这些品质也同样可以寄存于其他人和书身上。假如"漂亮"、"精美"寄存的不是我们最初提到的那个人、那本书身上，而是另一个人、另一本书，那么我们爱的自然就是后一个人、后一本书了。然而，很多所谓热恋中的男女、选购书目的读者，因为"情人眼里出西施"的一见钟情和"众里寻他千百度"的盲目从众，正在并将继续深陷这个误区而难以自拔，要么沉醉于此而执迷不悟，要么反复权衡而难以取舍，要么最终缓过神来而始乱终弃。

事实上，爱不是一道逻辑严密的几何题，不需要一条一条排列出白纸黑字的理由。如果需要这些条分缕析的理由，那么，假如有一天这些理由不存在了，那我们还会爱吗？如果你足够诚实，我想你会说"不爱"，因为你始终忠于当初的标准，不会在当前刻舟求剑式地寻找他（她）当初的影子；你也当然可以重新寻找此时此刻的真"爱"，但我猜想，你很可能会在不远的将来遇到和现在同样的困境。当然，你也会继续回答"爱"，因为你"爱"的是这个人本身，而不是附着在他身上的其他东西。那么，我要告诉你，如果是这样的话，一来你撒谎了，二来当初那些条分缕析的理由也就显得完全没有必要了，因为爱是流动的，是动态更新的，无论如何，我就是看好他

（她）了；那么，尽管你也可能在今后的生活中遇到难言的痛，但我仍然要祝贺你。

爱就是爱，不爱就是不爱，真爱就是接受他（她）现在的这个样子，而不是试图改变他（她）们。如果我们想改变对方，那说明我们并不是真正地爱着他（她）。当我们决定和他（她）一起生活时，他（她）最好就是我们想要的那个样子，无须任何改变。寻找一个样子完全合乎我们期望的他（她），要比试图改变他（她）容易得多。反之亦然，如果他（她）爱的也是我们现在这个样子，他（她）也就没有了改变我们的必要。如果他（她）总想着改变我们，那说明他（她）并不是真正喜欢我们现在的这个样子。既然我们现在的样子不合他（她）的期望，那我们又何必跟他（她）在一起呢？

不被事物本身和暂存于事物的个别品质所蒙蔽，这样，我们就可以爱得明白一些，爱得深刻一些，爱得真实一些，爱得长久一些。

婚礼：结束后的开始、散场后的开幕

　　我们以轻松、随意的心情参加的每一场婚礼，都标示着一段美丽的姻缘（至少在那刻是这样）。婚宴结束后，我们带着或长或短、或浓或淡的欣喜离开，又赶赴各自生活轨道上的下一个站点了。

　　而对于新郎新娘来说，一切才刚刚开始。接下来，他们将一起打理婚姻这块田地，播下早已选定的优质种子后，他们还得及时除草、耐心施肥、精心灌溉，并在辛勤的劳动中期待丰年。婚姻生活中遇到的矛盾、吵闹、疙瘩，犹如田地里的野草、干旱的天气和贫瘠的土地，当我们因为懒惰而疏于打理，眼看着野草疯长、烈日炙烤而无动于衷时，田地也就被荒废了。懒惰当然可以换来片刻的轻松，但我们一定会因此付出代价，我们将如期收到大自然寄来的包裹，那里装着干瘪的果实，装着令人失望的收成详单，装着丰年破灭的预言，装着田地使用年限到期的合同。

　　如果每个人都记着自己在婚礼上所说的话，并认真履行，就不会有那么高的离婚率了。对于核心诺言，为什么那么多人那么的健忘呢？人们见证着那刻的爱情，带着满脸的笑容为新人送去自己的祝福；也目睹着之后的分手，带着事不关己的平静为旧人表达各自的叹息。也许，一场婚礼只是宣示了一段或长或短的爱情罢了，并不能保证婚姻这艘船可以顺利抵达彼岸。是地老天荒还是触礁翻船，与婚礼豪迈的誓词无关，因为平淡而琐屑的锅碗瓢盆会稀释这豪言壮语；也与婚礼的豪华程度无关，因为大量而经常的柴米油盐会抵消这奢侈浮华。

　　那只是一场婚礼，仅此而已。在狂风骤雨和深海暗礁面前，再热闹的婚礼也显得软弱无力。觥筹交错中欢声笑语的人们，只是分享了新人此刻的喜悦罢了。散场后，爱的漫漫征途，要由新人一步一步地丈量，随身背负装满感恩、珍惜、呵护、包容的行囊，一路牵手，相扶到老。

对于任何一个决定，我们都无法在当时清晰地看出它的对错以及对错的程度，只有当时间足够久远，才能显露出当初那个重要决定的准确意义，就像我们不能站在田野里看见田野一样。只有站在时间的台阶上，才能俯览生活的全局。选择了，就为自己的选择负责，以感恩之心快乐生活，以宽容之心善待爱人。

我把上述文字送给即将结婚、刚刚结婚甚至已是老夫老妻的男男女女，并希望他们都能一起精心打理自己的田地，收获一个充满期待的丰年。

婚姻的先天缺憾与最优选择

尽管从理论上来说，我们现在的配偶并非最适合我们的人，因为通常情况下，我们只能在认识的人之中产生朋友，只能在朋友之中产生恋人，只能在恋人之中产生配偶，这一个个渐次缩小的圆圈，划定了配偶的来源范围。而我们所认识的人，在全体人群中仅仅占有微小得完全可以忽略的比例。但一个人之所以成为我们的配偶，从婚姻期的任何一个时间横断面来看，又是最适合我们的人。可见，从源头上说，婚姻有着先天不足的缺憾；而从现实来看，婚姻又是我们经过认真权衡、反复比对后作出的最佳选择。我们应该坦然接受婚姻的缺憾（你不接受也没有用，因为这是铁一般的事实），而不能以缺憾为借口，朝三暮四，因为那圆圈扩张的面积，仅仅是更小的部分，更是可以忽略不计。

可是，生活中还是存在这样一些心有不甘的人，他们恨不得成为万能的上帝，将世界上性别和年龄匹配于己的所有人都集中起来，列为一队，以便他逐一地认识和了解，挑选出最满意的那个。他们当然可以心怀那个梦想，不过我要提醒他们几句：他可能没有那么多的精力去认识那么多的人；即使他选定了最满意的那个人，那个人也不一定满意他。

珍惜亲密爱人

经常听到这样一句话：失去之后才知道珍惜。生活中，很多人往往在住进病房之后，才意识到健康的可贵，而当初他们却以各种方式糟蹋和透支着自己的身体；往往在错失良机之后，才悔恨当初的消极懈怠，而当初他们却在碌碌无为中换得浅薄的轻松；往往在家庭破裂之后，才懂得爱人的点滴关爱和曾经的真情付出，而当初他们却对这一切都视而不见。我们往往直到站在悬崖边上的时刻，才知道自己走错了路。

法国巴黎市郊，有一家名叫"黑暗滋味"的餐馆。这家餐馆与其他普通的餐馆没有太大的区别，唯一令人称奇的是，这家餐馆在营业时没有任何用来照明的灯；而且该店雇用的侍者，也大都是经过"特殊"培训的盲人。在这家"黑暗滋味"餐馆里，曾经发生过许多有趣的事情。

为了避免彼此的尴尬，一对感情濒临破裂的夫妇在离婚之前，决定在这家"黑暗滋味"餐馆共进最后的晚餐。用餐的时候，妻子不慎被打碎的酒瓶划破了手指。丈夫一边安慰着她，一边疼惜地掏出手帕来，摸黑为即将分道扬镳的妻子包扎伤指。当他俩一起走出餐馆的时候，妻子才发现丈夫的一个手指也在渗着血。原来刚才丈夫急于为她包扎手指，黑暗中自己的手指却碰到了碎玻璃碴。那一刻，她紧紧地抱住了丈夫……

后来，记者慕名前来采访这家餐馆的老板，问他："为什么要开办这么一家独特的餐馆呢？"老板意味深长地说："只有品尝黑暗，才能真正感受阳光的珍贵。"①

　　婚姻生活中，很多人以自以为是的方式"爱"着对方、"珍惜"着对方：他们拼命地挣钱，以期换得更大的房子，以期让家人过上更好的生活。实际上，他们被各种"挣钱性的活动"填满了所有的日程，将自己租赁给金钱，而没有时间陪陪家人，无暇顾及家人的感受。其实家人需要的，也许只不过是一个深情的拥抱，一顿共进的晚餐，可这已经是不可兑现的、"君问归期未有期"的奢望了。我毫不怀疑他们对家人的巨大付出，可是我难以接受这种打着打拼旗号的客观上的冷漠和自私。他们的巨大付出，与其说是为了家人，毋宁说更多的是为了他们自己。

屋与家：豪华的陋室与冰冷的豪宅

　　1983 年，热拉尔 37 岁，那年他的国家卢旺达正处于内战期间。他的家庭一共有 40 口人，然而父母、兄弟、姐妹、妻儿几乎全部在这场战争中离散或丧生了。也许是上天对他网开一面，绝望的热拉尔终于打听到一个好消息：自己的小女儿还活着！他辗转数地，冒着生命危险，最终找到了自己的亲生骨肉。悲喜交加的热拉尔将女儿紧紧地抱在自己的怀里，第一句话就是："我又有家了！"

　　家，是一个亲情四溢的地方。亲人在哪里，哪里就是家，无论它是高楼大厦，还是茅屋寒舍。

　　屋是冰冷建筑，只是一个物理概念；家是心灵港湾，则是一个心理概念。有人说，家是夜色中的灯光，家是牵着我们的那根线。我说，家是爱，是"亲"爱。一套房子究竟是屋还是家，就看这套房子中有没有爱：有爱的房子就是家，即使它破旧不堪，那也是豪华的陋室；没有爱的房子只是屋，无论它多么考究，都只是冰冷的豪宅，只是一堆冰冷的钢筋水泥而已。也就是说，正是这种"亲"爱，使冷冰冰的房子成为暖洋洋的家。

　　很多人为了房子而苦苦奋斗，却忽视了培养自己爱的能力，等他们终于如愿以偿住进宽敞的房子时，却发现他们住进去的仅仅是间屋子，而不是家。世界上有很多屋子，家却没有那么多。心中若是没有爱，你只能走进一间屋子，不可能走进一个家。

　　谁都可以拥有房子，只要他拥有足够的金钱；但若没有这种"亲"爱，他拥有的仅仅是一个由砖头、钢筋和水泥铸就、分割的空间而已，他所拥有的何尝是家！金钱取代不了这种爱，衡量不了这种爱，也无法买来这种爱。因为这种爱与金钱没有多少关系，它只和无私的付出、勇敢的担当、浓烈的亲情、一路的风雨联姻。

每当望着那大片错落有致、鳞次栉比的高档住宅楼群，我都会想，那价格不菲、装修豪华的房子，不应仅仅是一个休息、吃饭、做爱的物理场所（house），更应成为温馨的爱的港湾，我们把这个港湾叫做"家"（family；有人说，family 就是 "father and mother, I love you" 的缩写）。尽收眼底的万家灯火，那些由一道道砖墙分割出来的或大或小、或奢华或简单、成员或多或少的空间，究竟有多少是温情四溢的 family，又有多少是单纯的 house 呢？

朋友，下次等你说"我家"时，请先检查一下自己心中的爱。

幸福是个什么样的比较级

很多人认为幸福是个比较级，只要有人垫底，自己就比那个人幸福，哪怕自己是倒数第二。尽管这种看法不能算是全错，但仍然带有致命的局限性。那就是，你怎么衡量那个垫底的人？你怎么知道他在这方面垫底，就在其余所有方面都垫底？更何况，在这方面垫底，还可能是他求之不得的呢。因为人家的着眼点根本就没有放在这一方面。其实，在任何一个组织中，任何人都可能在某个时候、某个方面垫底，所谓的幸不幸福，根本就是一个动态的、强加的概念。

我觉得，幸福确实是个比较级，不过不是跟别人比，而是跟自己比。只要在自己所看重、所在意、所追求，并符合天性的某个方面有所长进，那就比过去的自己幸福。幸福本来就是一种主观感受，我们又怎能以己之心度人之腹呢？就像每个人脚上的鞋子，你的鞋子比他的鞋子高档得多，可是这并不代表他那双鞋子的舒适程度比你的低，比如你的房子比他的房子宽敞得多，装修也豪华得多，这也并不意味着他的家庭生活没有你的幸福。我们任何时候都不能以外在的、物质的标准来衡量和框定内在的、精神的感受，因为在基本的物质需要得以满足的情况下，幸福更多的是一种"自设"的、"自在"的、"内置"的个人感受，而非他人的眼光所能参透。

我们可以这样比喻幸福：每个人都在种地，种植着自己偏好的作物，只要田地的收成可以满足自己的生活所需，这就够了，至于别人的收成如何，那与我又有什么关系呢？如果你实在嘴馋，当然可以用自己的一部分收成去和别人交换，也饱饱口福。但是你不能眼馋，因为别人种植的是他们偏好的作物，和你的偏好不一样，眼馋是没有用的，只能平添烦恼。种好自己的庄稼，经常除草、施肥、灌溉，有个好收成，就是最大的幸福。别人种的是什么、收成怎么样，对不起，与我无关。邻居缺少农具，缺少劳力，我当然可以帮他一把，甚至也可以学习借鉴一下他的种植经验，但我不会在自己的田地里种植他的那种庄稼。每个人都只能种植自己的庄稼，因为人是不同的；每个人也都应该种好自己的庄稼，因为要确保一定的收成。

幸福是个比较级，不过不是"我比你好"的横向的比较级，而是一个与自己相比"天天向上"的纵向的比较级。

远程的爱与身边的爱

　　日常生活中，很多人每天小心翼翼地对待同事、上司，毕恭毕敬地善待客户、顾客，却往往有意无意间忽视了家人、朋友的感情。只要我们稍加留意，就不难发现，在我们的身边存在着这样一些人，他们会乐意地向远方的人，甚至素不相识、从未谋面的人表达自己的爱，他们会热情地参加各种慈善捐款、志愿者活动，他们会为一个蜷缩在街头的流浪汉而感慨万千并立刻献出自己的爱心，却对身边的人摆出冷漠而挑剔的架势。他们会因为身边的同事不是完美的道德楷模而对其吹毛求疵，他们会因为懒得动手而任由脚边的垃圾堆积如山，他们甚至会因为忙于各种冠冕堂皇的个人事务而忘却自己的父母。

　　为什么我们对这种"远程的爱"情有独钟，而对朝夕相处的同事和家人却漠然视之？尽管我们可能因为拥有富裕的物质生活而锦衣玉食、豪宅遍布，但是我们肯定时常陷于精神世界的深深的贫困之中。每当夜深人静时，又有几人能坦然地面对心中的上帝，并无愧地向他诉说自己的心迹和所为呢？

争吵：婚姻生活不可缺少的作料

爱情是美好的，而婚后的家庭生活却是琐碎的。再美好的爱情，也要落地为平淡似水的锅碗瓢盆和"俗不可耐"的柴米油盐。花前月下时小鸟依人般温顺的妻子，也许会变得唠叨、暴躁、邋遢；谈情说爱时伟岸挺拔、风流倜傥、慷慨大方的丈夫，也许会变得怯懦、小气、无能。但这本来就是生活的原貌，激情消退之后，生活就会回归平凡、平淡、平静的常态。

有人这样区分恋爱与婚姻：恋爱的时候，我们常常带着符合自身期待的有色眼镜来过滤对方的瑕疵，眼里眼外全是对方的好，而婚后，我们又常常拿着显微镜来放大对方的"过错"，眼里眼外全是对方的不好；恋爱的时候，为了适应对方而努力地改变自己，而婚后，却为了自己而努力地改变对方。在彼此试图改变对方的过程中，争吵就出现了。

似水般平淡的家庭生活，避免不了争吵，也避免不了烦恼。也许有人会提出反对，说他曾经参加先进人物的事迹报告会，清楚地听到台上的人说，他们夫妻从来没有红过脸，吵过架。可是，我可以更加清楚地告诉你，那是在说假话。关系再好的夫妻，毕竟是两个人，两个人必然是有差异的，而差异就是矛盾。我们有时候和自己都过不去，过不了自己的那道心坎，更何况是两个不同的人呢？所以，夫妻两人不可能没有争吵。如果夫妻两人之间确实没有争吵，那也许只能说明两种情况：一是一方处于另一方的绝对压制之下，被压制的一方毫无反击之力；二是两人的感情已经枯竭了，枯竭到麻木不仁的"心死"的程度。

当然，我并不是提倡大家有事没事时都去吵架，也并不是说吵得越厉害越好，而是说夫妻间偶尔的争吵可以加深彼此之间的了解，在换位思考中体验对方的苦衷，并反思自己的不当行为。其实，生活中也离不开争吵，偶尔的、必要的小吵小闹，不仅不会疏离夫妻关系，反而会增进了解。从这个意义上说，争吵也是婚姻生活中不可缺少的作料。

争吵犹如日常生活中的感冒，终究会过去，每一次都是增强身体免疫力的绝好契机。争吵并不可怕，可怕的是我们以掩耳盗铃的方式否认它的存在，心怀完美主义的幻想；可怕的是我们像热锅上的蚂蚁般手足无措，在慌乱中错过消除烦恼的最佳时机；可怕的是我们草木皆兵、如临大敌，并简单粗暴地处理矛盾。

包容谦让：奇妙的情绪转换器

忍让是一种姿态，是一种智慧，也是一种境界。俗话说，清官难断家务事。婚姻生活中的矛盾，多是一些界限模糊、横竖皆可、鸡毛蒜皮的小事，而非刚性的、原则性的、没有讨论余地的、非此即彼的大事，如鞋子的摆放位置、牙膏的挤压方法、饭菜的酸咸程度等。而且，这些纷至沓来的琐屑矛盾，经常是互为因果、交互作用的。但正是这些似乎毫不起眼的小事情，如果夫妻双方不能相互忍让，不能及时而坦诚地沟通，不能有效地化解小矛盾，就很容易积压叠加为心结，最终演变成不易消解的大疙瘩。古人说，千里之堤，毁于蚁穴；我们也常说，使人疲惫的，不是远方的高山，而是鞋里的沙子，说的都是这个道理。

一次，英国首相丘吉尔与夫人一同出席晚宴。宴会上，人们发现了一个有趣的现象：作为英国首相的丘吉尔，曾一再弯曲起自己的食指与中指，并让它们匍匐于桌面，向夫人的方向移去。事后，深感费解的人们就此询问丘吉尔夫人。夫人笑答："出门前，我们曾发生过争执，刚才他的那个动作，是表示他正跪在地上，真诚地向我道歉。"

家庭是人生旅途中永远开放的港湾，不应成为寸土必争的谈判桌，不应成为唇枪舌剑的辩论场，也不应成为原则至上的党委会。谦让，以其富有弹性和柔性的智慧，成为"润物细无声"的春夜喜雨，成为相濡以沫的和谐安宁。

再看一篇短文：《先把泥点晾干》。[①]

德国军队向来以纪律严明而著称。在一本德国老兵的回忆录中，我发现他们有条耐人寻味的军规：一名士兵可以检举同伴的错误，被检举人也有权反驳。但如果长官发现检举和反驳的士兵曾在近期发生过冲突，那么两个人都要受罚。发生过冲突的人，至少要等一周，等情绪完全冷静下来后，才可以告对方的状。

读研究生时，我的导师吉纳也经常告诫我们，不要一时冲动，成了情绪的奴隶。有一年圣诞节，她送给我的礼物是一只咖啡杯，上面印着亚里士多德的一句名言："发脾气是值得赞扬的，如果你能做到：在适当的场合，向正确的对象，在合适的时刻，使用恰当的方式，因为公正的理由而发脾气。"

毕业后的一个雨天，我回系里探望吉纳教授。正赶上一名学生有急事要请教她，吉纳让我在外面的小客厅等她一会儿。小客厅和吉纳的办公室只隔了薄薄一道装饰墙，屋里的对话不时传进我的耳朵。那位同学声音激动。原来其他实验室的另一名研究生出言不逊，当众讽刺他理论过时、见解平庸，令他大为恼火。他不知道是该直接找那个学生论个明白，还是应该找对方的教授评理。他这次来，就是要征求吉纳的意见。

"年轻人，"我听见吉纳教授慢条斯理地说，"有时候，别人的言行是很难理解的。如果你不介意，让我给你一个小建议。批评和侮辱，跟泥巴没什么两样。你看，我大衣上的泥点，就是今早过马路时溅上的。如果我当时立即去抹，一定会搞得一团糟。所以我把大衣挂到一边，专心干别的事，等泥巴晾干了再去处理它，就非常容易了。瞧，轻轻掸几下就没事了。"

---

① 《课外阅读》2005 年第 11 期。

好恰当的比喻！老教授的处世智慧令人叹服。那个聪明的学生也顿时醒悟，连连道谢。吉纳最后说："我年轻时不善于控制情绪，深受其害。慢慢地我发现，最好的办法是先把让我恼火的事搁在一边，晾一会儿。等我冷静下来后，再去对付它们。如果你现在就去质问他，你会更生气，矛盾会更严重。我建议你等情绪的水分都蒸发掉了，再来想这件事。到那时，如果你还打算讨伐他，请再来找我。不过晾干水分后，你也许会发现那泥点也淡得找不到了！"

朋友，很多时候我们可能无法弄明白怎么使暴风雪停止，也弄不清为什么会有暴风雪，更不知道如何才能改变它的强度。我们所能做的，就是尽自己的最大努力，把损失减少到最低限度，静静等待暴风雪的过去。

1996年，台北一对即将举行婚礼的新人，在婚前认真立下几条约定，以便在今后的婚姻生活中进退自如。前段时间，在台北掀起的"重寻幸福"的热潮中，这份被誉为当代家庭"幸福宪章"的全文86字的小约定，被重新提及，并迅速风靡台湾。

1. 不在同一时间发脾气。
2. 除非有紧急事情发生，否则绝不大声吼叫。
3. 争执不下时，让对方赢。
4. 当天的不快乐当天化解。
5. 批判的话要出于爱。
6. 随时准备向对方认错、道歉。
7. 无论大事小事，绝不忽略对方。
8. 每天至少说一句赞美的话。

爱情不可能只有玫瑰花、钻戒、海誓山盟，还包含着柴米油盐、养家糊口、奔波挣扎和充满烟火气的现实生活。大部分失败的爱情，不是因为玫瑰花送得不及时、钻戒不够大，而是一些生活细节的冲突、面对现实未能作出相濡以沫的选择。①

人生总是处在不断的选择之中，婚姻生活中出现了矛盾，是检验我们如何选择的良好时机。有些选择或许无关痛痒，有些却事关全局；有些失误可以尽力弥补，有些却无力回天。

宽容是福，谦让是金。86字的"幸福宪章"告诉我们的，不是如何用浪漫的方式来获得或巩固爱情，而是对爱情怎样作出充满爱意的妥协。

暂停、缓冲、转移自己的情绪反应，是包容谦让的题中应有之义。婚姻生活中，免不了说些难听的话，遇到这种情况，我们不妨运用下面这篇短文《你说什么？我听不到哦》② 中提到的情绪转移策略。

"你说什么？我听不到哦！"这句经典之语出自美国最高法院大法官露丝·贝德。她选择男友的标准也很独到："他是我所有交往过的唯一在乎我的智慧的男人。"

恋爱4年后结婚，婚礼当天早上，露丝在楼上做最后的准备，男友的母亲走上楼来，把一样东西放到露丝手里，然后看着露丝，用从未有过的认真对露丝说：

"我现在要给你一个你今后一定用得着的忠告，那就是，你必须记住，每一段美好的婚姻里，都有些话值得充耳不闻。"

男友的母亲在露丝的手里放下一对软胶质耳塞。

正沉浸在一片美好祝福声中的露丝十分困惑。但没过多久，她与丈夫第一次发生争执时，便一下子明白了老人的苦心。

"她的用意很简单，她是用自己一生的经历与经验告诉我，人在生气或冲动的时候，难免会说出一些未经考虑的话，而此时，最佳的应对之策，就是充耳不闻，权当没有听到，而不要同样地愤然

---

① 《齐鲁晚报》2008年1月9日。
② 《爱情·婚姻·家庭》2004年第2期。

回嘴反击。"露丝说。

　　有选择地听，有选择地说，有选择地看，这样就可以把许多毒素阻拦在第一道防线之外。朋友，当下次你的爱人"恶语"相加时，请别忘了这句话——宝贝儿，你说什么？我听不到哦……

婚姻破裂的原因分析与几点建议

婚姻之所以破裂，大致有以下三个方面的原因：

一是婚前彼此了解得不够深入和全面。热恋中的男女不自觉地将自身内隐的缺陷（如不良的习惯、性格和人品）加以掩盖，经过自身的精挑细选，仅以拿得出手、见得了光的、外显的、预设的部分示人，以博取对方的好感。加之受到"情人眼里出西施"的光环效应的蒙蔽，人们在取证不足的情况下，贸然作出了一个草率的决定。

目标业已达成的婚后，由于紧绷的神经松弛了，先前的自我警惕放松了，已不用费尽心机去包装（伪装）自己，于是又不自觉地显露出婚前曾经刻意隐藏的那些"冰山下"的部分。正如爱默生所说："在他像追求星星一样追求她的时候，她是天仙。而订了婚的情人，在他的恋人应允他的那刻，便失去了她那最狂放的魅力。"[①] 这时，双方又经常带着诧异的表情，恍然大悟般接连发出一声声惊呼：你怎么是这个样子?! 殊不知，他（她）本来就是这个样子，而且一直是这个样子，只是他（她）耍了一个作弊式的乌贼手段而已，只是我们自己当初情非得已罢了。

当然，百分之百地了解一个人是不可能的，也是不现实的。但是，我们至少应该对彼此的价值观念、人品性格、根本习惯等宏观的格局有一个比较清晰的认识和把握。否则，婚后生活中必然出现种种冲突、意外和变故，当它们不断叠加并超出了原有的格局时，就容易出现问题了。

---

① ［美］爱默生著，薄隆译：《爱默生随笔》，华文出版社 2010 年版，第 349 页。

二是忽略了更新自己。追求对方时，一切都未成定局，充满变数，人们就像一个等着老师宣布分数的孩子，一个等着法官宣判罪行的嫌犯，终究有点惶惶不安的味道。而婚后的男女，已经拥有明朗的说法和确定的角色，菜已经夹到碗里了，不用再担心被别人夹了去。所以，等过了新婚的蜜月期、保鲜期，双方又都像婚前一样，兀自低头，只顾各自赶路了。

如果彼此都不太在意自己在对方心目中的形象，不注重更新自己，使自己变得更为可爱一些，那么，路上总有这样一些与我们并行的路人，他们很可能一直在努力更新着自己，也一直很可爱（当然，也有可能是故意做给你看的，以使自己显得可爱），并有意向你送来秋波。对于短暂的秋波，你可能不太理会，神情自若；当你内心幸福时，可能也不太愿意搭理和回应那些秋波，依然前行。可是，假如那是长久而持续的秋波，假如你因为不够幸福而内心空虚，假如以上两个条件同时具备呢？如果你还能百分之百地保持清醒，那么问题就不存在了。然而遗憾的是，一旦另一半自我更新和刷新的速度赶不上秋波的频度和力度，从而使其不够可爱时，在秋波的巨大拉力下，有些人不能自已，似乎也不愿自已，从而小心翼翼、如履薄冰地步入那看似美丽而实为陷阱的感情沼泽，在探险般的刺激和好奇中逐渐偏离家庭的轨道。

三是忘记了转换角色。每个人都有多种面具，在特定的场合，只能戴上符合这种场合与情境的面具。如果戴错了，就可能引发始料不及的矛盾。婚姻生活中，不少人存在一些不良习惯：有的带着工作中的情绪回家，那就是经常将工作中所受的委屈、不满、愤怒等心理垃圾带回家，并将这种垃圾转嫁给家人，交由家人来打包并倒掉，从而导致连锁性的"踢猫效应"；有的带着工作中的身份回家，在本该以父亲、母亲、丈夫、妻子面目出现的温情的家里，却仍然固守和残留着单位中的工作角色，以领导者、教师、律师的姿态和口吻行事。"女王敲门被拒"就是一例。

一次，英国维多利亚女王与丈夫大吵一架，丈夫独自回到卧室，闭门不出。维多利亚要进入卧室，只好敲门。丈夫在里面问：

"谁?"维多利亚傲然回答："女王。"没想到丈夫既不开门，又无声息，她只好再次敲门。里面又问："谁?"女王回答："维多利亚。"结果卧室内还是没有动静。女王只得再次敲门。里面再问："谁?"女王学乖了，轻声细语地答道："你的妻子。"这一次，门终于开了。

回家时，应该把各种头衔、身份、职位等与家庭不符的面具统统扔掉，以恰当的角色回归温馨的港湾，因为那些面具与家人无关。家人更在意的是你是一个什么样的丈夫、妻子、父亲、母亲，而非你是一个什么样的经理、高官、领导、权威。

尽管不能说所有的婚姻破裂都是坏事，但一个毋庸置疑的事实就是，破裂的婚姻不仅在客观上浪费了双倍的时间，而且很多时候还以牺牲孩子的亲情利益为代价。而这种损失，往往是在孩子长大成人的多年以后，才慢慢地显现出它的破坏性。

热恋中的男男女女，不要仅仅沉醉于在柔情密语、山盟海誓中享受花前月下的浪漫，而忘记了真实展露和仔细确认彼此的品类（尽管我们无法彻底地认识一个人的全部）。新婚燕尔的年轻夫妇，也不要只顾着打理金碧辉煌的豪宅，而忘记了丰富和优化自己的心灵。

三、相遇儿女：装满亲情的行囊

　　父母，是一个称谓，也是一种责任。从相遇儿女的那刻起，在我们前行的路上，行囊中不仅装满"爸爸妈妈"这个暖呼呼的称谓，也装满"首任老师"这份沉甸甸的责任。

写给即将出生的孩子的话

孩子，爸爸在激动而焦急地等待着你出生的消息，现在爸爸有些话要告诉你，等你识字的时候，爸爸会念给你听的。

孩子，你是由你的遗传、你的环境、你的经历所造就的，你是唯一的，你要认真度过自己唯一的一生，成为一个有益于他人的人。爸爸将会尽力为你营造一个温馨的环境，但是爸爸并不能保证你会满意这个环境中的一切。等你长大了，你自会知道，重要的并不是环境本身，而是你看待环境的角度。

孩子，一个人是由知识和美德而不是由衣服与美貌武装起来的。你应努力增进你的知识，塑造你的美德，而不是计较衣服是否华丽、容貌是否迷人。要知道，衣服和美貌是暂时的、外在的、浅表的，而知识与美德却是永恒的、内在的、深沉的，知识和美德对你成长的作用，远非衣服和美貌所能比拟。

孩子，你要有一颗善良的心。尽管善良的心并不意味着你不会做一件坏事，但它可以使你减少错误的行为，且不至于让你在错误的道路上走得太远。要知道，人无完人，但你也不能以此为借口，让本性中恶的东西大行其道，而应以有原则、有实力的善良克服之、取代之。

孩子，人生下来就是不平等的，从来就没有绝对的平等。但上天又是公正的，她让勤奋者收获，让慵懒者贫困；让不少巨富者妻离子散，让很多赤贫者其乐融融；让贪婪者夜不能寐，让知足者内心安宁。你要敢于直面生活中的苦难，而不要一味地咒骂生活。要知道，任何一种生活都有其意义，任何一种值得过的生活，都值得过好它。

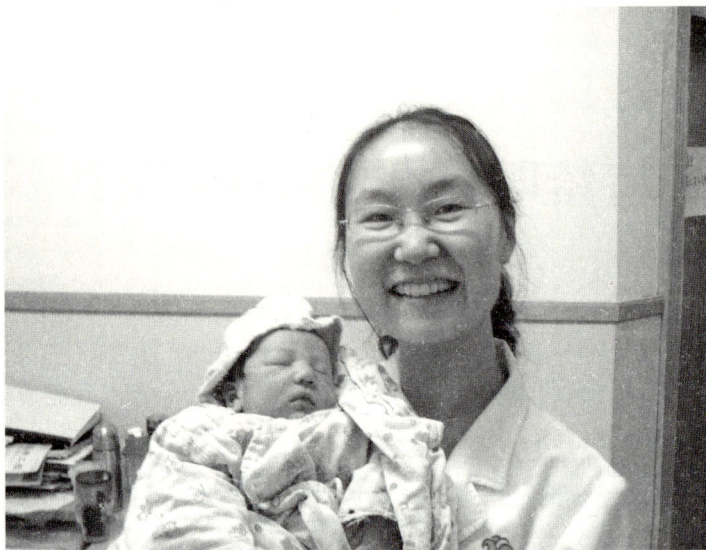

牛牛和剖宫产手术医生孟钊在一起

（2009 年 4 月 17 日作者拍摄于广东省妇幼保健院）

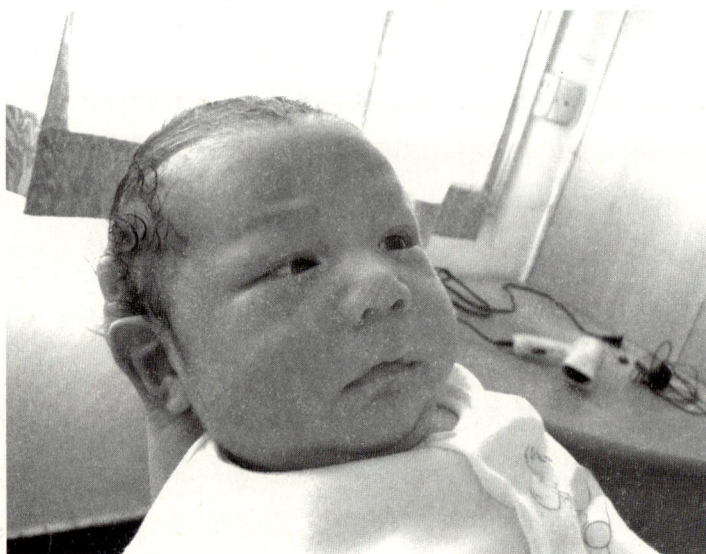

好奇而专注的眼神：牛牛出生第 19 天

恍若隔世的邂逅与相拥

孩子是父母永远的牵挂，无论他是天真烂漫的小学生，还是成熟稳重的中年人，总是父母眼中尚未断奶、牙牙学语的孩童。

一天晚上，我梦见了牛牛。梦中的场景是我第二次置身其中了，当时在梦中就有种似曾相识的感觉，似乎是之前那个梦境的续集。梦中的牛牛并不是我的儿子，而是一位陌生人的儿子。梦中的他比现在大了好几岁，已经可以在树林中崎岖的道路上轻松地奔跑了。当我问他多大了的时候（平日里无论我们何时问他，他的回答总是"一岁三个月"），他清晰地答说："三岁六个月。"（他今天两岁七个月零十一天）

尽管梦中的牛牛与生活中的牛牛有着一模一样的面孔，但并非生活中的牛牛，因为我无法穿越时光隧道，预先目睹他一年后的样子。他只是一个与真实的牛牛有着同样面孔却增长了一岁的孩子。

因为梦中的牛牛是一位陌生人的儿子，所以对我毫无印象，我抱起他，激动地亲着他的小脸蛋，因为我认得他，他是我的宝贝儿子啊！可是，梦中的牛牛丝毫不认识我，就像我丝毫不认识梦中他的父亲一样。我激动地连连亲他脸蛋的时候，他却毫无反应。

这个在梦中就令我感慨万千、泪流满面的场景，似乎恍若隔世一般的邂逅。我认得他，因为在前世，我是他的真真切切的父亲；他不认得我，因为在梦中的"今世"，他是另一个人的儿子。那是一次信息极不对称的相拥，我知道他的一切，他却对我一无所知。就像曾经看过的一部电影中描述的那样，一位恋人离世了，他重新投胎成为另一个人。当他出现在心爱的姑娘面前时，那位姑娘却对他视而不见，因为那只是一张大众化的、普通的、陌生的面孔而已。

逼真而离奇的梦境啊，究竟蕴藏着何种耐人寻味的寓意？睁开久久不愿睁开的惺忪的双眼，我仍然沉浸在刚刚经历的梦境中，仔细品味着它的意义。我知道，每一个人都是自身梦境的编剧、导演和演员，每一个梦境，都是人们当时心态的间接投射。可是昨晚的梦境究竟要"告诉"我什么呢？其实，那正是我自己要告诉自己的消息，只是我还没有足够的、清醒的自知罢了。

也许，尽管很忙，我以后还是一定要多陪陪牛牛，因为我担心再次遇见那个我不愿意遇见的梦境。

牛牛惊人碎语小集

记录生活中的点滴，定格瞬间的感动，以之作为牛牛成长的轨迹和温馨的回忆。

1. 有卡

时间：2011 年 5 月 22 日

——牛牛硬是嚷嚷着要再买一件已经拥有很多了的玩具时，我告诉他"爸爸没钱了"，牛牛听后如是说。

2. 月亮灭了

时间：2011 年 7 月 23 日

——在我问他为什么今天晚上看不见月亮时，牛牛如是说。

3. 路灯下班了

时间：2011 年 9 月 23 日

——在我问他为什么这个路灯不亮时，牛牛如是说。

4. 没有啦

时间：2011 年 9 月 26 日

——我批评了牛牛不穿鞋子下地的举动。当晚问他"爱谁"的问题，他答道："爱奶奶"；再问"还有呢?"答："爱妈妈"；再问"还有呢?"答：

"爱公公";再问"还有呢?"牛牛如是说(同时诚恳地摊开双手)。

5. 那是别人

时间:2011 年 10 月 1 日

——当晚,列车抵达衡阳站,一辆列车在旁道徐徐停下。牛牛问我从站台的台阶下来的是什么人时,我答:"上旁边那列火车的人"。他又问了一遍这个问题(看来他不满意我的回答),我又答:"叔叔阿姨哥哥姐姐。"听后,他又继续问下去。在对我的各种回答绝望后,牛牛如是说。

感言:尚未被生活习俗、常识、陈见所污染的孩子,他们看问题的角度往往直达本质,忽略所有琐碎的繁枝细节。大人要善于向孩子学习,回归久违的赤子童心,卸掉繁重的各类伪装。

6. 月亮像剪下的指甲

时间:2011 年 10 月 31 日

——今天是农历十月初五,清晰而明亮的上弦月高悬于夜空。牛牛凝视着天空中的月亮,兴奋地欢叫起来,小小的手指头一弯一伸地,想要摘下天上的月亮。我随口问了句:"牛牛,你说月亮像什么啊?"随即,他不假思索地如是回答。

感言:小孩子的回答总是不囿于任何成人的偏见和文明的污染,他们经常在轻松、随意而又漫不经心的回答中解析大自然的秘密,说出精妙的比喻,将我们这些所谓受过良好教育的大人远远地甩在了身后。在这一点上,我们追不上他,因为他幼小的心灵中,满是世界初始的样子,而繁忙的工作生活占用了我们心灵中的绝大部分空间,已经使我们淡忘了那个初始的样子。他时刻准备着说出精妙之语,似乎每次都出乎我的意料,使我呆若木鸡,却又总是在我的意料之中,使我露出欣喜的微笑。

7. 飞机碰到月亮了

时间：2011 年 10 月 31 日

——今晚带牛牛出去玩，当我指给牛牛天上的月亮时，恰好这时一架飞机缓慢飞过。从我们这个角度看，当飞机逐渐接近月亮时，牛牛如是说。

8. 我要飞到天上去，抓住月亮

时间：2011 年 11 月 6 日

——今晚带着牛牛在岭南新世界的草坪上散步，看着皎洁而日渐饱满（当天是农历十月十一，农历月初时，牛牛曾将清晰的上弦月比喻为剪下的指甲）的月亮，他欢叫着、跳跃着，并在嘴里嘟囔着这样一句话，随后发出长长的"唔唔"的飞翔的声音。我微笑地看着他，惊叹于他的想象力，而不是无奈地摇摇头。

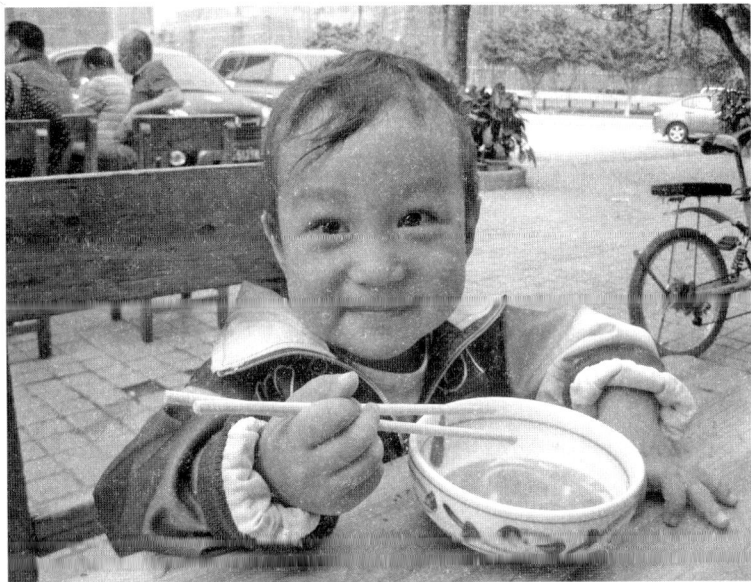

牛牛第一次学习用筷子吃饭

（2011 年 10 月 29 日作者拍摄于广州）

爸爸，我帮你刷牙吧

一天晚上，我帮牛牛刷牙。牙刷是他专用的婴幼儿牙刷，牙膏是可食牙膏。在耐心地等待他亲自剥完橘子（他礼貌而坚定地拒绝了我的帮助），并逐片分给每位家人后，他终于愿意刷牙了。可是，他却坚持要坐那张红色的塑料小凳。于是又是一番折腾，接力般地变换家人已经坐定的凳子。等他终于安静地坐下来刷牙时，我的热情已经"再而衰，三而竭"了。

挤上液体牙膏，漱过口后，终于开始了刷牙的"正题"。可是他在刚刷第一下的时候，就吃掉了液体牙膏，并用狡黠的目光观察着我，以确定我是否会批评他，进而决定自己是否可以继续吃下去。刷了十几下之后，他又说要自己动手刷牙，于是认真地、煞有介事地用牙刷背面反复地刮蹭着牙齿，并不时要求漱口。而漱口的动作幅度又大得离谱，两腿分开，深深地俯下身子，就像长颈鹿俯身低头喝水那样"大动干戈"。

终于刷完牙了，于是牛牛走向每位家人，大肆"显摆"自己洁白的牙齿。在不出自己预料地得到逐个家人"好白的牙齿啊"的表扬后，牛牛随即露出骄傲的表情。

这时，妻子问他："牛牛，你看妈妈的牙齿吧，白不白呀？"他走过去看了看，答道："妈妈的牙齿好白呀！"于是我又凑了个热闹，不识趣地问道："牛牛，你看爸爸的牙齿白不白呀？"我咬着上下排牙齿，张开嘴唇，并一直保持着这个姿势。他弯着腰，抬起头，左边瞧瞧，右边看看，之后诚恳地说道："爸爸，我帮你刷牙吧。"顿时，全家人哄堂大笑。我真是无地自容，这比直接说我的牙齿黑不知要严厉多少倍！

　　俗话说，童言无忌。无忌的童言，因为尚未受到"常识"的框定和限制，往往直指问题的本质。在童言面前，我们这些以"第一任老师"自居的大人显得多么孤陋寡闻啊！

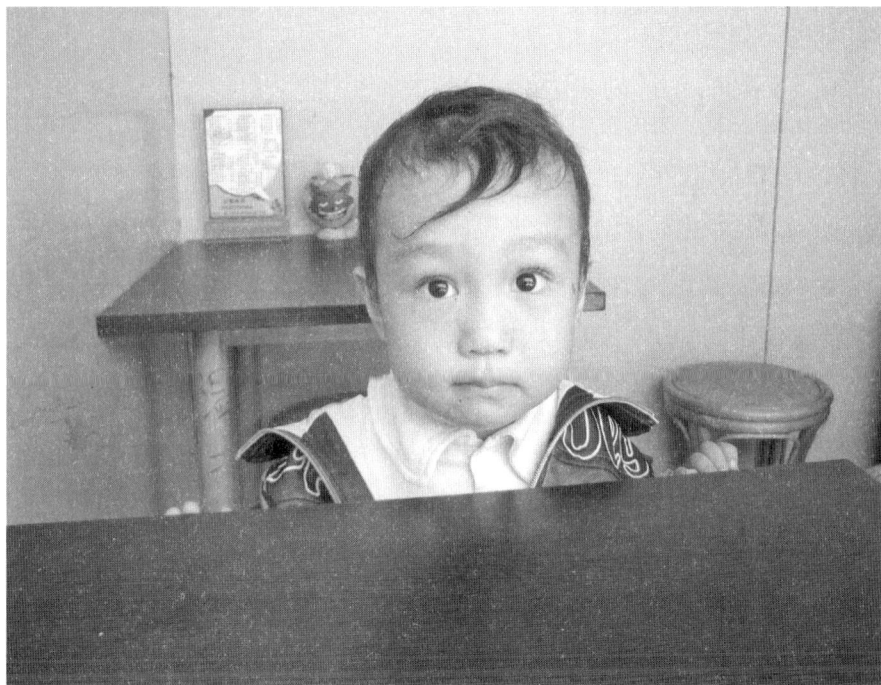

牛牛明净的眼神、无辜的表情以及嘴角尚未擦干的稀饭

象棋入门 "马蹄糕"

一天晚饭时，为了检验牛牛的识字效果，我拿出一本书。由于封面上的书名分为两行，认字时需要换行，所以我指着书脊上作为一个整体的书名，问牛牛这本书叫什么名字。

牛牛认真地上下扫视了一番书名之后，抬起头来看着我，想必已经胸有成竹了。他带着坦诚、自然的表情，一字一顿地说："象—棋—入—门—马—蹄—糕。"刚开始，我以为他说的是"马蹄糕"这种食物，并感到极为不解，怎么是"马蹄糕"呢？这本书与"马蹄糕"没有任何关系啊！稍等片刻，全家四个人顿时意会，并哄堂大笑。原来，前几天教给了牛牛几个字——象棋入门与提高，这也是岳父经常翻看的一本书的名字。因为字体结构相似，牛牛把"与"字一本正经地念成了"马"字！

生活中充满了欢乐，尤其是小孩子所犯的"认真而意外的错误"，可以顿时驱散我们心中的阴霾，将工作和生活中的种种烦恼一扫而光。即使我们的内心充斥着各种工作和生活中的烦恼，小孩子那完全出乎意料的美丽错误，也总会让我们迟钝了的心灵变得敏感起来，仿佛又回到了久违的童年。正如爱默生所说："当大人逗着婴孩玩时，一个婴孩一般会使其中的四五个大人变成婴孩……他们躲在自己的角落里观察着那些从眼前经过的人和事，以孩子的迅速、简要的方式对他们的功过进行审讯和宣判。他们不考虑后果，不计较得失，所以能做出一种独立、真诚的裁决。"唯一不同的是，牛牛今天的宣判和裁决，变成了一种诙谐的自我"宣判"和"裁决"，而这种为我们带来巨大快乐的无意中的"宣判"和"裁决"，在以后的岁月中是难以复制的。

　　每次当牛牛冒出"惊人之语"，做出"惊人之举"，我在沉浸于难以言表的欢乐中时，又会产生莫名的伤感。因为随着牛牛逐渐长大，他将会在我们称之为文明的东西的熏陶下与这些"惊人之语"和"惊人之举"渐行渐远，我们也将会少了很多乐趣。不过没关系，因为只要他是牛牛，是我亲爱的宝贝，在任何一个年龄阶段，都总会带给我意想不到的、任何人也无法替代的快乐。

人造地铁收费闸门

　　一天，下班后刚一进门，就发现客厅里散落着几张塑料凳子，全被倒放在地上，就像德军在诺曼底海滩架设的用来阻挡盟军登陆的木桩一样。凳子看似凌乱，实则有着大致的排列规则：所有的凳面都朝向同一个大致的方向。怎么回事呢？

　　原来，牛牛亲手制作了一个地铁收费闸门，作为家人进出客厅的唯一通道，只有打卡才可进入客厅，而所谓的感应磁卡，则是他擅自规定其权威性和通行性的几个废旧的象棋子。他煞有介事、郑重其事地发给每人一个棋子作为感应磁卡，谁若没有棋子而又要通过闸门，就会理所当然地受到他义正词严的拒绝。之后，他又会不厌其烦地提醒你刷卡，直到他嘴里发出了"嘀"的一声，你方可通过。

　　看着散落在客厅里的凳子，我着实惊叹于牛牛超强的模仿能力。走到闸口自觉刷卡，在傲慢的"嘀"声之后，得以进入客厅，并按规定将"磁卡"交与他的手中。

　　在游戏中，孩子的内心是空灵洁净、完全放松的，也是全情投入的。我们大人需要的，也许并不是他们在游戏中的胜负和表现，也并不是他们创新的程度，而是以惊讶、慈爱的眼神看着他们游戏时的轻松心情。

　　想起了一个故事。一位富商，英年早逝。临终前，见窗外的市民广场上有一群孩子在捉蜻蜓，就对他四个未成年的儿子说，你们到那儿给我捉几只蜻蜓来，我有许多年没见过蜻蜓了。四个孩子飞速下楼，来到了广场。

　　不一会儿，大儿子就带了一只蜻蜓上来。富商问，怎么这么快就捉了一只？大儿子说，我用你刚才送给我的那辆遥控赛车换的。

又过了一会儿，二儿子也上来了，他带来了两只蜻蜓。二儿子说，我把遥控赛车租给了一位想开赛车的小朋友，他给了我 3 分钱，我只用 2 分钱向另一位有蜻蜓的小朋友租来的。爸，你看这是那多出来的 1 分钱。富商微笑着点点头。

不久，老三也上来了，他带来了十只蜻蜓。三儿子说，我把遥控赛车在广场上举起来，问：谁愿玩赛车，愿玩的只需交 1 只蜻蜓就可以了。爸，要不是怕您急，我至少可以收 18 只蜻蜓。富商拍了拍三儿子的头。

最后到来的是老四。他满头大汗，两手空空，衣服上沾满尘土。富商问，孩子，你怎么搞的？四儿子说，我捉了半天，也没捉到一只，就在地上玩赛车，要不是见哥哥们都上来了，说不定我的赛车能撞上一只落在地上的蜻蜓呢。富商笑了，把儿子搂在了怀里。

第二天，富商死了，他的孩子在床头发现一张小纸条，上面写着：孩子，我并不需要蜻蜓，我需要的是你们捉蜻蜓的乐趣。①

牛牛在现场演示自制的地铁收费闸门

（2011 年 11 月 24 日作者拍摄于广州）

①　刘燕敏：《乐趣》，《老年时报》2003 年 4 月 23 日。

成为称职的父母

　　父母这个"职业"是天然的，也是自然上岗的，无需考取像律师资格证、教师资格证、会计师资格证之类的国家从业资格证书。只要有了孩子，"父母资格证"就自然到手了，无需严格的资格认证考试，也没有严密的资格审查程序，一切都水到渠成。然而，也许是得来过于容易，不少人在沉醉于为人父母的喜悦中时，却无意中疏忽、淡忘了自身肩负的神圣职责。他们在一味溺爱中造就了一个弱不禁风的孩子，在放任纵容中培养了一个目无法纪的孩子，在无视公德中塑造了一个自私贪婪的孩子，在盲目攀比中生产了一个爱慕虚荣的孩子。他们以为这些都是小事，可当这些小事长期叠加累积为大事时，方觉如梦初醒，然悔之晚矣，一切已不在自己的控制之中。更为严重的是，这些弱不禁风、目无法纪、自私贪婪、爱慕虚荣的孩子，若干年后又会成为天然的父母，又将这种别无选择的养育方式"传承"下去，陷入恶性循环的漩涡。这绝非危言耸听，当前众多极端的案例，都或多或少地印证了我的说法。

　　曾经读到一篇短文《一个无赖的培养过程》①，很有启示意义。

　　做父母的怎样做会使孩子变为一个自私而懒惰的无赖呢？

　　1. 从婴儿时期开始，就对他有求必应。这样，他长大后就会以为要什么有什么是理所当然的。

---

① 张健鹏：《小故事大智慧Ⅲ》，当代世界出版社 2005 年版，第 282 页。

2. 当孩子口出污言秽语时，一味地讥笑他。这样，他的词汇会越来越不成体统，一开口就会把人气个半死。

3. 永远不要对他进行道德教育，让他自己混到成年再说。

4. 千万不要指出孩子的错误，免得让他感到内疚。

5. 把他随手乱扔的东西都替他收拾好。这样，他会养成习惯，遇事都会把责任推给别人。

6. 他爱看什么书刊都行。孩子的脑袋里究竟装了多少垃圾，是不必管的。

7. 不管孩子是否在场，父母都无休止地大吵大闹。这样，一旦父母感情破裂甚至离婚，孩子就心肠铁硬，一点都不去在乎了。

8. 孩子无论要多少零花钱，都照给不误，不让他自己干活挣钱，也不教他节省。

9. 孩子在饮食起居方面的要求是绝对不能忽视的。否则，万一他生起气来可怎么办？

10. 当他和邻居、老师或警察发生冲突时，坚定不移地站在孩子一边，让他知道，所有那些人都是对他不公平的。

11. 当孩子闯了大祸以后，沉重地对他人解释："我对这孩子一向就没有办法。"

12. 做好准备，一辈子为孩子操心、担心、伤心吧，因为你们已经成功地造就了一个懒虫加坏蛋的双料无赖。

大自然指派一个孩子来到世上时，都交给了他一项别人无法代劳的独特使命。父母的重要职责之一，就是帮助孩子养成良好的行为习惯，以便他更好地完成这项使命。身为父母，我们不能一边长期"致力于"有损孩子长远发展的"关爱"，又一边在他们遭遇迎头一棒时，愤慨地谴责社会和他人的无理。

很多人也许知道，生产一件合格的产品，需要很多道严格的流水线和检验环节，可是他们常常忽略了这样一个事实：孩子也是经由家庭这道天然的流水线才成为他今天的这个样子的。看来，他们不该一味地责怪孩子这件"产品"的质量缺陷，也不该批评家庭这道流水线不够科学，而是应该沉下心来，扪心自问一下，自己曾经是怎样消极怠工，而让流水线上那质量不过关的半成品在自己眼前轻松划过而无动于衷的。

此外，我们也应听听孩子的呼声。当我们在说"可怜天下父母心"时，也别忘了"可怜天下孩子心"这句话。《环球时报》上曾经刊登过一篇短文《致父母的备忘录》，也列出了孩子的 12 条心声，希望父母们能够从中得到一些启发。

1. 不要宠我，我很清楚我不应该得到我所要的一切，我只是在考验你们。

2. 不要担心对我太严厉了，我喜欢那样，那让我感到安全。

3. 不要随便在人前纠正我，私下里告诉我，我会更容易接受意见。

4. 不要让我感觉犯错误就是犯罪，那会颠覆我的价值观。

5. 不要因为我说"恨你们"而生气，我不是真恨你们，只是想让你们注意我。

6. 不要袒护我，让我承担后果吧，我需要从挫折中学习成长。

7. 不要过分在意我的小毛病，有时候它们让我得到想要的关注。

8. 不要唠唠叨叨，我会假装耳聋来保护自己。

9. 不要轻率做承诺，当诺言没有兑现时，我会非常失望。

10. 不要太多拷问我的诚实，我很容易受惊吓而说谎话。

11. 不要变化无常，那让我十分迷惑，失去对你们的信任。

12. 不要搪塞我的问题，如果你们那样做，我就不会再问你们问题，而到其他地方去寻求答案。

　　那刻的他，定然经历着不堪忍受的委屈，但是他可以在瞬间破涕为笑，将一切委屈忘得一干二净

被异化了的父爱和母爱

在应试教育的大背景下，不少父母手持一把利刃，无情而果断地割掉了孩子这棵小树上多余的枝干。在他们看来，割掉的枝干是废枝，会白白浪费树根提供的养分；尽管这所谓的废枝，可能是这棵小树本来的命脉。也就是说，因为我们体弱多病而未能成为一个体育明星，或者羡慕体育明星的巨大影响，而在竭力将孩子培养为另一个刘翔时，却忘记了他可能是一个未来的戴玉强；因为我们囊中羞涩而未能成为一个叱咤风云的商业巨子，而在竭力将孩子培养成另一个比尔·盖茨时，却忘记了他可能是一个未来的贝多芬。

这把利刃是什么呢？很多时候，我们给它冠以堂而皇之的名称，美其名曰"爱心"，为孩子的长远幸福负责的"爱心"。

父母们在为孩子规划（实际上，我们很多时候是在强行设定）未来之路时，要经常扪心自问以下几个问题。

第一个问题：我们是否在利用孩子来走完我们自己还没来得及走完的路，帮助我们完成自己的未竟之业？如果是这样，那么，在客观上，即无论我们是否承认，我们都只是让孩子充当了我们自己的工具而已，何尝考虑过孩子本人的能力优势和个人意愿！北京市海淀区教委主任孙鹏也曾说过这方面的问题，即不以自己的水准要求孩子，有两个要求：假如你是一个成功者，那么不能硬性要求孩子必须达到或超过自己的水平；假如你的人生还存在一定的缺陷，那么你不能把孩子作为弥补自己人生缺憾的替补品。这是我们教育中存在的最大的问题之一，核心是没有把孩子当成一个独立的主体、一个有健全人格的人。

　　第二个问题：我们是否在浮躁的功利心的驱使下，打算让孩子以所谓快捷的、速成的方式取得本应经过长期的、艰苦的努力方可取得的成就？须知，成功不是俯身低头就能轻轻松松捡起来的一枚硬币，不是依靠简单模仿就能得其精髓的儿童游戏，更不是随便摆弄几下就能放置到位的一张饭桌。而且，即便成功是唾手可得的举手之劳，它仍然不能成为孩子的终极目标。孩子的终极目标应该是追求卓越、追求优秀，我们称之为成功的东西，只不过是卓越和优秀的自然结果罢了。也就是说，只要孩子度过了卓越而优秀的一生，哪怕在我们看来默默无闻，没有惊天动地的业绩，他仍然是成功的，因为他是按照自己的方式度过了属于自己的一生，成为了自己命运的主人。

　　第三个问题：当我们在任何一个方面批评孩子时，应该反思一下自己是否在这个方面已经做到了无可挑剔的程度，至少比孩子做得好？要知道，对孩子影响最大的，也许并不是喜羊羊和灰太狼，更不是幼儿园的其他小朋友，而是终日耳闻目睹的作为榜样的父母。要想让孩子严肃地对待道德，就必须让他们先看到周围的成年人——尤其是父母——严肃而一致地对待道德。苏霍姆林斯基《给教师的建议》中有这样一句话："如果教师没有把学生领进自己的私人藏书房，如果没有使他在你的精神财富的源泉面前惊异地停住脚步的话，那么用任何手段都是培养不出这种爱好的。"他的意思是说，只有教师思考的大脑才能教会学生大脑的思考，只有喜欢学习的教师才能培养出喜欢学习的学生。尽管这里说的是教师，但对为人父母者难道就没有借鉴意义吗？古人讲："其身正，不令而行；其身不正，虽令不从。"我们自己都没做好，孩子的一个反驳——不需要太多，一个足矣——就能顿时使我们哑口无言、面红耳赤、无地自容。就像一位口口声声教育孩子遵守交通规则的母亲，在红灯赫然亮起的同时，却强行拉着孩子横穿马路，怎么能让孩子心服口服呢？即使孩子服从你，那也是慑于我们虚假的权威迫不得已而为之的阳奉阴违。

　　父母是天然的，不像律师、法官、教师、咨询师、拍卖师、美容师、会计师那样，在从业之前需要持有国家认定的资格证书。也许唯一的资格证书就是那张宣示着我们可以合法生育的结婚证，而在众多来之不易的职业资格证的面前，那张凭据实在显得微不足道，拿不出手。然而，遗憾的是，很多父母正是挥舞着这张单薄的凭据，经常以血缘关系为美丽的借口，打着爱心的旗号，做着损害孩子的事情。

育儿的一些个人体会

育儿是琐屑的，也是快乐的。成为负责的父母，不仅是对自身负责，也是对子女负责；不仅是对子女的当前负责，也是对子女的长远负责。

体会一：避免否定性的表达。

纠正孩子的不良行为，应避免使用否定性的措辞。因为幼儿总是对外部世界充满好奇，强烈的探索精神促使他们对周围的事物总要弄个明白，看看它究竟是怎么回事才肯罢休。比如，当我们看到他想从床上跳下来而又很容易摔伤时，假如我们说"不要从床上跳下来"，这个否定句式很可能促使他非得要跳下来不可，看看究竟为什么不让他跳，如果跳下来，究竟会产生什么样的结果。他往往不会在意"不要"、"不能"这些词汇，而会牢牢抓住后面的内容不放，似乎有一种很强烈的逆反精神。其实，这是好事，标示着他那强烈的求知欲和探索精神。所以，如果我们以肯定的陈述语句为他介绍跳下来的危险，并结合他以前摔倒、受伤的经历，效果就会好得多，也会更好地保护他这种宝贵的探索精神。

幼儿有他自己观察外部世界的角度，也有他自己的语法规则，只有走近他们，蹲下身来平视他，以他的眼光来看世界，才能影响幼儿，才能真正走入他的内心。

体会二：耐心帮助其建立新的行为习惯。

要想纠正幼儿的不良行为习惯，应及时帮助其建立和巩固新的行为习惯，以替代先前的不良行为习惯。很多父母存在这样一种认识误区：孩子长大了就能自然而然地控制自己的情绪，形成良好的行为习惯。实际上，世界上根本就没有什么魔法，可以帮助孩子在长大的一瞬间，突然摇身一变，改掉自己所有的不良品性。那点石成金的魔棒，只有在童话故事和科幻影片中可以见到。改变孩子的不良习惯，只能依靠经常的、长期的自身示范和耐心矫正。作为父母，我们不能以满足孩子无理要求的方式来回避眼前的麻烦，换得暂时的清净和轻松，而将所有问题堆积到明天，并幻想着在未来的某个时刻，孩子会自己开窍和自然顿悟。须知，任何一种不良习惯，都是周围环境不断强化的结果，一次次的纵容，只能使这种习惯更加牢固；而要改变这种不良习惯，只能通过更为有效、更为密集的强化，去对抗、抑制和抵消先前的强化效果。

体会三：系统介绍外部世界。

系统地介绍外部世界，会帮助幼儿轻松地、全面地认识外部世界。一次，我带着牛牛去公园，看到一棵高大的芒果树。这时我适时地为牛牛介绍芒果树的颜色，并由此推及到他见过的其他树木的颜色；介绍芒果树的高度，并顺势为他引出"米"、"厘米"的概念；介绍芒果的滋味，并由此谈及酸（醋）、辣（辣椒）、苦（中药冲剂）、咸（食盐）等其他各种味道；介绍芒果的英文表达，并适时复习曾经"无意中"学到的其他英文词汇；介绍芒果的产地，并适时介绍广东的四大名果，等等。因为芒果树真真切切地出现在孩子面前，我们介绍的有关芒果树的一切就会与他的真切所见联系、挂钩起来，这样记忆会更深刻；而为他介绍的拓展性知识，也会帮助孩子举一反三、触类旁通地认识外部世界，往往会取得事半功倍的效果。

系统地介绍芒果，告诉幼儿关于芒果的一切，有助于他们全面而深刻地理解"芒果"的概念。而且，在我们详细介绍芒果时，经常会无意中"诱导"出他们的新问题来，比如"芒果有哥哥吗？"这样的问题。这时，我会带着惊喜的心情为他讲解芒果产量的大年、小年之分，一棵普通的芒果树的大致产量。如果我们不懂一棵芒果树的一般产量，那就要告诉孩子，在我们查阅权威资料之后再回答他，而不能随便应付孩子，给出想当然的、不负责任的答案，因为他会牢牢记住你的回答，并以为那就是正确的答案。所以，为孩子系统介绍外部世界的过程，也是逼迫着我们大人学习的过程。要成为一名称职的教育者，自己首先要成为一名谦虚的受教育者。

此外，不要担心这些庞杂的知识会累着孩子。每个健康孩子的记忆力几乎都是无限的，往往是我们大人的人为设限而"好心地"、"善意地"抑制了他们无限的可能性，正如跳蚤效应一般。况且，系统地为孩子介绍外部世界，会帮助他们更为轻松地理解这个世界。

体会四：正视幼儿的破坏行为。

很多父母对孩子破坏玩具的行为迷惑不解，甚至大动肝火。殊不知，幼儿很多时候正是通过放置、移动、摔打和破坏玩具来全面认识玩具的本质的。直到一个玩具被他"锲而不舍"、穷追猛打，直至破坏的那刻，他才会露出满意的微笑：哦，原来它是这个样子、这个质地，我终于知道以后怎样可以更快地弄坏它了，并弃之一旁。接着，他又会将目光移到下一个玩具，并再次寻思着怎么样破坏它。

通过破坏玩具，幼儿可以获得一种控制感；破坏玩具，也是幼儿认识世界的一种方式。当然，我并不是鼓励幼儿的暴力倾向，而是说我们要换一种角度，客观看待孩子的破坏行为，更加全面、更为理性地认识孩子那些看似不可理解的行为。

很多时候，孩子在父母高声的呵斥中缩回探索的双手，在父母严厉的眼神中避开新奇的事物，在父母满脸的怒容中逃离知识的海洋。很多时候，尽管父母怀着好心，却在客观上以自身的经验约束了孩子的好奇心和求知欲，使他们缩手缩脚、畏畏缩缩地安于现状而不敢、不愿探索，从而继续重复着父母的道路。

朋友们，下次，当你的孩子出现一些原则之内的破坏行为时，不必过于大惊小怪。请记住人民教育家陶行知的这句话：当心你的教鞭下有瓦特，你的冷眼里有牛顿，你的讥笑中有爱迪生。

"别照了，别照了！"镜头前的牛牛，偶尔也表现出不太配合的一面

（2011 年 10 月 29 日作者拍摄于广州）

后 记

经过近两千个日日夜夜的思考探索，终于在"雨纷纷"的清明时节完成了《在路上》一书的撰写。书中所涉仅为个人感悟，不敢奢望能够适恰地吻合青年朋友的心路格局和情感期待，权且把本书作为抛出的粗砖，以期在探索青年心理世界、服务青年心灵成长的道路上，引来"同路人"更多的美玉。

感谢武警广州指挥学院卢信允院长、李进政委等首长的大力支持，感谢训练部陈小华部长、林瑞华副部长、教研部李湘森副主任以及军事心理学教研室何建军主任等领导的悉心指导，感谢张鑫、谢元明、林辉、孙艳东、蒋丽君等同事的无私帮助，特别感谢暨南大学出版社杜小陆主任、杜晓杰编辑的辛勤劳动。当然，最值得感谢的是我的家人，正是这血浓于水的炽热亲情，使我得以发现和记录生活中无处不在的美好点滴。

欢迎广大读者提出宝贵意见和建议，以便我们更好地走在路上。

作 者

2012 年 4 月